致敬李白

姚辉 著

长江文艺出版社

姚　辉

男，汉族，1965年生，贵州仁怀人，中国作家协会
会员，贵州省作家协会副主席，遵义市作家协会副
主席。出版诗集《经过我们脸色的那些时光》、散
文诗集《在高原上》、小说集《走过无边的雨》等
10余种，部分作品被译成多国文字。曾获"第五届
汉语诗歌双年十佳"、第九届"中国·散文诗大
奖"、贵州省德艺双馨文艺工作者、山花文学双年
奖、十月诗歌奖、2020"黄姚古镇杯"星星散文诗
年度奖、刘章诗歌奖、2021年《文学港》·储吉旺
文学奖优秀作品奖等。

致敬李白

一

你应当被琳琅的星辰
再惊醒一次

灵肉中的山河依旧以痛
及醺然的方式活着
谁　被绢帛之影遮掩？
虫蛀的字句再次萌发如风般
坚固之芽　歌与梦
仍将重复长剑边缘呼啸的
千种霜色

浮云又起。捉月的人
还能以所有遗忘的道路
证明什么？遗忘也是一种代价
拼尽酒意的人属于更为
古老的遗忘——你是让杯盏
死去活来的人　你
将大半个朝代掖进骨缝中
你修订星辰守护的善恶

一些星光袭用你的空旷

从这个夜晚上溯至累累呓语
你流苏的醉始终绽放光焰
那些被酒滴压碎的身影
曾交换过　让殿堂倾斜的
哪一种沉默？

你　即将让铁铸的星空
再上升一次

二

你在山中未遇见的道士
正端坐在桃花萼中

他念风云诀　将方形露滴
嵌入鹿的路径　他
为悬瀑准备了多种飞翔的方向
他让钟声内部的锈迹
成为最后的方向

他在青色雾岚中安放
竹刻的所有警觉——谁
是将你的足迹挂上
鸟翅的人？你认得他
折叠的梦以及伤势

草剑上浮动一个
丰腴的时代　桃花可能
会替换黎明的某种
白色阴影

他给你三种松树的遗忘

一种让赤日战栗
一种源自为云请命的头颅
一种属于烈风　属于风与热血
难以闪避的最初疑惑——

三

月亮是某种纵横术。以
灵肉互补的甘苦为界
月亮　是剑戟试图交换的
大宗焰火

月亮让谁的名字褪去
苦难的底色？你自月影中
降生　像泥淖深处
那朵呼啸之莲　你的热泪
让三种月色活着　你

擎着　月亮燃烧的往昔

你让月亮的翅翼反复垂落

月亮为谁归来? 江声
被千百次镂刻在竹简上
你是大江绯红的骨头
你掌握着月与流水
悠远的习俗

你将冰雪淬炼的月亮
搁进父辈的背影　父辈需要
一些新的背影　你必将
成为这背影的一部分

你是被月晕多次耽误的赤子
大江朝东而梦境却总向西
你挥舞的长剑　已嵌入
梦与江潮湍急的追缅

月亮不想再成为某种
纵横术　它退回到
凛凛苍茫中　并以爝火
墨绿之痛　复述偌大
天穹永无止境的

麻木与期许

四

比梦境低矮的山总在逾越
风雨的平仄　春秋被纳入
乐府的节律间　你如何
凭借一个生僻的错字活着？

你如何活成一种警示？
鹏鸟将道路置换成诅咒。酒
与烟尘　水势中的龙影反复生锈
祖传的骨骼陪龙影生锈

向殿堂中的蠹虫递上某种祈愿
你还将预留多少祈愿？冠盖
压碎灵肉　一个将咏唱
叠成启迪的人　为何总在
一遍遍错失墨写的寄寓？

桃花和露。一己的爱欲
被挂在宫墙上。歌。
云霓服务于王者鲜艳的痼疾
弹铗者醒着　弹铗者
只能无辜地醒着

你的命运系于这莫测之月
起初　你将月亮从襁褓中扶起
然后给它金质的肝胆　痛
遐想　然后你把桨声还原成
月亮黝黑的未来　你从波澜中
捉取的月色　仍在取代
史册歉疚的千种慰藉

五

用一座山　抵押
命定的风霜　而你必须
剔除那多余的弦月

让帆也成为山影而你曾漠视这
飞翔之帆　被酒意划伤的帆已早
忘却创痛　你在杯壁上
搁置龙的凝望　你
让帆进入铁打的波澜

那隔着月色寻找天穹的人
标示出苍茫的秩序　他
躲在你骨节中　以季候之暗
印证你无法印证的

各种霜色

山：东面的风硌痛
姓氏与道路　西斜的风
为谁挪动既定的怀念？

你　将再次隶属于
墨渍左侧的弦月

六

让酒入梦。这绮丽之想
仍将发出典籍与痛暗黑的
千种震颤

酒已让梦境　辟出
遐想及爱坦荡的通途
酒经过你灵魂时必须绽露
绯红的追忆　酒是多种寄托
那些被酒的波涛锻造的
夙愿　已然超越所有值得
珍藏的苦乐

酒。昼夜历经了反复咏赞
一个人固守的酒

是否　还能发出命运
悠远不变的回声？

你布置的词句充盈
漫漫酒意。千秋襟抱
也是某条道路至关重要的
冀望　抑或崎岖……

——还是以酒为梦吧
在多刃的风云深处　你
仍会沦入　生涯最为
刻骨的沉醉

七

炼丹者背负赤霞静立。

他在疾风上
镌刻黛青色蝌蚪文
熟悉的火势　照彻旷野
他将大量身影移入
古老的灰烬

你敲击的文字被他塞进风的
第一种冥想。他替代过

你的遗忘　替换过谁
易碎的警惕？

而露滴与烟尘进入到
既定的淬炼程序中
还有一己之痛　颤抖的往事
以及迷误。陈旧的星光
也可以通过熔炉逼近
最初的苦乐

你无法听清他持续诵念的
口诀——霜　正烙上
丹粒焦煳的震惊

你　将在什么时候成为
炼制梦想的唯一火焰？
你修改他或天地的
秉性　从某句多棱的誓言上
取下各类纯金的
细小颗粒

一粒药丸顺黄昏滚落……

灵肉裂开　欲望在寻找
某种华美的对应

八

让一条江沉默　是黄昏
对我们唯一的诉求　而云
将告知我们该以怎样的
方式　让大江沉默

你是比江水走得更远的人
除了痛与爱　灯盏能
照亮的已只是这片
汹涌的波澜了——你可能
已早适应了波澜
易变的沉默

云也在被不断改变着
从漩涡内部　移至
岸石永远嶙峋的梦境
云在自己的筋骨里安放
绿色雷霆——而大江
依旧。你随霉变的月亮
重新浮出典籍

可能仍会有人把整条大江
装进杯盏中。沉默

是一种宿命　你在火与
朝代的面具上　凿刻
江流古老的救赎

九

可能会有一种长夜
仍在宫殿之上
时隐　时现

是被鸟翅刮伤的夜或
风雨固守之夜么？玉冠下的
头颅　开始颤抖
你　将玉冠罩上粪土
——王侯的幻梦又划过了
雨与风声承载的习惯

你如何让玉冠
忍住　那么多疼痛？
世纪像一道铁栅　嵌在
呓语之外——而我们
已让酒滴中的往事
越发遥远

夜

渐渐高于烛光
我试图泅渡的酒意
随火势斑斓……

十

摘星人已将指纹印上
浩浩天幕——

可以泄露的命运关乎
生涯与爱　摘星人超越
风云　不断检测
苦痛与火晶莹的成色

"不敢高声语？但可以
撑开旧帆。你适应的沉默
触动　苍凉而远的回响……"

星盏内浮动大家固守的
祈愿——光荣属于挚爱
属于星与星之间
既定的　辽远秩序

如果星辰再次上升
你能否唤醒烟云

代替　灵魂闪光的
各种期许？

而漫舞之星
已成为　某种
值得珍藏的梦境

十一

风起。大地跃过苍穹
那些颠倒的爱憎
很想　穿越锡箔之忆

用一种风声延续追缅
——我和你的追缅
可以忽略　也可能
被忽略了多年

谁熟识祖先支离的硬骨？
你将自己的夙愿砥砺
成铁　你是以酒容忍风雨的人
如果风雨坍塌　你
就能替换生涯悠久的惊喜

风呼叫。风的路途

旋舞　风正经历
酒与梦境交错的光芒

风　即将泛红
这源自生命的风
始终不改整个季节艰难的
信仰以及追索

十二

市街上的人也是总
丢失自我的人

扬盏。而盛世已然不再
他将黏滞的酒意
悬在孤柳上　他
为落叶订制各种阴影

石头上还能刻写
多少种朝代？火的朝代
被蝇蚋的朝代遮蔽
而他　仍将属于
灰烬的朝代

他从酒的光芒中找寻

疼痛的路　当风捻旧的
灵魂成为灰色风声
他让风　滑向
柳树参差的往昔

酒与遗忘——唯一的路
便是错失自己的路
谁　正将市街搬放到
翻飞的落叶之上?

十三

你想从宫殿之影上
抠下　那片疼痛的墨渍

是用血及泪水垒就的墨渍么?
凝重之痕　源于灵肉
源于烟火深处不改的冀望
宫殿被摔碎在典籍上
但你仍搂抱着摔不碎的
所有骄傲　以及
心脉悠远之响——

你凭借酒意印证过的沧桑
依旧澄澈　风

让酒与沧桑反复延续

我曾经握住过你扔弃多次的
那些酒滴　这燃烧的
潮汛翻过山峦　翻越苦难
最为辽阔的锋芒

你还能将角落里呼叫的酒
打造成岁月的警示么？

那么多人经历的沉醉
被镂刻成风的未来
如果背对风声　你就只能
撞向酒变向的追忆

宫殿再度苍老　墙影
淀入　彤红酒香
你高举的杯盏又一次
叩响山川与年岁
不朽的慨叹

十四

被黄河逼到天云之上
你失败的杯盏　想变成

各种零散的火势

你在自己的呓语中掘出
波涛——河的喘息
比庙堂中的龙影更为冰凉
你曾被彤红的龙影
覆盖　你让龙
沉入无端的羞愧

河是一种锤击还是安慰？
冰碴顶端的黄河日渐
荒芜　你经过了太多张望
你　该如何返回
那最初的明澈？

而某只杯子容忍着河的
遗忘　从波涛开始的
也必将从波涛结束
你焦灼的杯子　烘烤着
多种干涸的潮汐

一朵云被刻入
涛声内部　你预支了
庙堂高耸的灰暗
你　是杯子坚守的

第几种习俗？

十五

牧云者站在疲惫的街衢上
他手里的竹杖　重新
长出　纷披之叶

他传递天庭繁密的回音
云触及的伤痛也可能
会拥有回音

他将云的兴衰系于
绢帛及陶俑间　酒肆中
一个女人按云的节律活着
她　更换云的症结

他在云的履迹上点数谁
既定的孤傲？且让宫墙上的花
也成为赤云　跑进
君王支离的骨殖或戒令

而风将一部分云
交付给闪电　他为闪电
划定了延续的方向

你会在他的背影上
找寻云与谁残损的奇迹？

十六

白鹿有单独的路途
——在你的雨消失之前
白鹿　曾是被闲置
多年的雨意

它让山川模糊。还有什么
值得模糊？那些路
正被颂词省略

你是鹿携带的徽章
泥淖中的晨光渐渐泛黑
你　如何坚守
这一遍遍风化的痛？

大河微斜。花隐藏波涛
却藏不住白鹿之痕
——市街上奔走的人
熟悉你背弃的方向

在正午的日色里　你
翻查出　鹿无效的梦境……

十七

雨摇蓬蒿。家园被捆缚在
烈风上　从簪缨者的斜视中
你　撷取某种超越
朝代的敌意

而你已先做成了自我的寇仇
讥讽骨头　然后讥讽
骨头仅存的痛——谁指认过
粪土镂刻之神稀世的
华彩？你又该如何拂尽
这些光芒　见证神
最为污浊的幸福？

蓬蒿：请以姓氏浇铸
弯曲的火焰　酒提醒的季候
依旧漫长　请以
鹰的落日遗忘　或者
以甲虫的雷霆铭记

家园在孩童彤红的呓语中

他说出另一类黎明的
形状——他即将
成为蓬蒿与风反复
铆合的你

十八

那些癫狂之酒也是
始终颠沛之酒

酒花浮动的宇宙　　酸涩
远　　且咧出梦幻般
牢固的齿牙

酒被收纳至骨缝时
曾发出刀刃状的呼啸
酒　　是某种回望
以锋利的忆念
砥砺久远

你被铜铸的酒意捻制成
谁的信仰？你挪动
苍茫　　让石化之酒
逐一返回星辰
颤动的祝愿

酒曾浪费过旋律中
旋转的宇宙　酒概括的
生涯重复凝望　你
是酒眷顾过的恨
抑或无边吟诵——

一滴酒的
饥渴　又惊醒了骨肉
难以限定的远方

十九

醺然。那么多恩仇
界定了谁必须适应的
种种习惯？

我们的习惯也可能被反复
叮咬着——蚊蚋的习惯
已超越星与火珍惜的
痛及赤诚

站在不敢辜负的
苍凉之后　我们仍能
隶属于哪些铁打的习惯？

你将镀金的雾
逼进梦境

酒的遐想见证炎凉。

古老的沉默者
必须习惯梦境的回声

二十

与人说霜　说深山的钟磬
正渐次　老去

说故乡只是云的一部分
有时在鸟翅上
有时　又总麻木地
缩在风里

说风在前天更为盛大
像一堆翻滚的粗碗
风磕磕碰碰
在一声赤红的鸡鸣中
风　变得纤细

说鸡记得去年的道路
请绕过背影上的疼痛吧
请绕过　泥泞堆砌的天气

说天气是一句镂空的旧话
你的背影　限制了
霜色

二十一

山中事　不避藤萝
不为赤鸟添更多风雨

松与瀑流有自选的道路
印上天穹之路　仍然能将
命定的泥泞以及爱憎
印入火焰

我在你抠痛的字句上
遇见你新颖的苍茫
这被修改过多遍的苍茫
任凭枝叶飞舞　任凭
酒从山泉深处汨汨
涌出——

而山峦挪动了那么多
灰色阴云　山峦守护的意愿
闪烁锋芒　你的锋芒
难以　蜷缩

你扔出的鸟影即将进入
松和落叶预示的
千百种奇遇

二十二

在一滴酒中分辨出
桃李艰难——

桃　想握有半抹洁白
李花飞　桃枝上的风声
有犬一般泛红的静默

你将桃李之影烙在
雨意上　你是花改变的
颜色　你用花香
锻击多层次的忏悔

你将镀金的足印
让给天穹　大地用一种神

遮掩预言之远　大地
醒着　你的吟唱
已延续了
骨肉不变的欢欣

桃李共荣　一滴酒
看管的祝福　沿袭着
针叶状的慰藉
或者守候

二十三

顺着酒的路途远去的是你
还是你腰间的长剑?

哧然的剑啸起自旧铜
这青涩之铜已将锋利的欲望
打制成　菱形火焰

剑说出过谁亘古的隐痛?
酒　脱下微黄的光芒
开始旋舞——酒
迟缓的幸福　略等于
你坚持已久的厌倦

你错过的醉意成为旗帜
你将宫殿上的星月
拽开　将宫殿浸泡在酒中
你　让宫殿替换刻骨的药引
让宫殿在苦难内部
不断旋转

而长剑为何放弃了
华丽的伤害？你
从酒滴扁平的梦魇中掘出
大宗酸软的预言……

二十四

谁配得上这绝世的荒凉？

他们走得很快　在长安
车马有车马的坦途
你效命的黄昏被半片
卷角的旌幡钩住

他们即将成为一部分烟尘
王冠在速冻的墨迹中
裂开　这变形的闪电如何
再次构建　一个朝代

叮当作响的怯懦?

烟尘上的宫阙。琉璃被
雕琢成华美的吁告　质询者
消失——虫蛀的姓氏里
掠起最早的渊薮

你可能错过了各种爱憎
丰腴的慰藉　从丝绸右侧
透出　你是被斟酒的手
扶起的某段黄昏
你　有大剂量的悲欢

车马刚碾过一堆
惊叫的白骨

二十五

你可以辨析出
酒或红或苍绿的清浊

红的欲望一望无垠
这欲望　必将给枝叶之绿
以不变的爱恨
及曾经守候的幸运

酒：浑圆的醉意
是一种启示　酒可能已
修改过这多重醉意
三角形的醉　正嵌入
酒颤动的回声

绿色浸染的祝愿理当在
穿越酒滴后　复制出
象形文构建的星空

你在酒的梦境里
贴近　火与古老祖训
延续的奇迹

星辰沉醉
代表了你与谁
最为坚韧的敬畏？

二十六

山被彤云踩得有些痛了

山曾经高过云霄　因某种
缘故　山曾将云的眺望

转化成低于草木的
紫色风声

山携你进入云的
旧事　云如何战胜遗忘?
你用云拓印足迹上
鲜艳的麻木　你是云
难于更改的代价

你在山与云错杂的
阴影中捏制苍茫
你平衡云与山的焦灼感
你拍打杯影　用
酒的波澜印证孤寂

而云此刻仍低于你的怀念
山势布满指纹　你将
颤响的山搁入云参差的
光芒　你教会了山
以云的方式怀念

二十七

落日。故园从旧篱上升起
偏西的霞光　划过

谁手势外的预言？

你曾给预言多种黝黑的
躯壳　预言需要
一份铠甲　你用吁叹炼制
太阳的骄傲　你
从山路上归来　带着
绶带与雾交错的目的

落日。虚设的灯火
刨开怀念　你是让故园
越来越远的可能

谁愿浪费更多的预言？
风　一个人的身影
遮盖无边山色
谁　重复
太阳既定的履迹？

你即将在预言失效前
更换古老的伤痛

二十八

对雨：惊醒的路

让你的梦想不断延续

雨　押仄韵的黄昏从枯树上
滑落　吾皇被彩绸缠绕
他在你刀刃般的
身影上　认出
曾反复辜负的奇迹

你让酒步入殿堂之险
妃子在酒意中闪烁
她和她们　见证着奢华
与缀玉般的沉寂

我如果踏响你的侧影
风还将如何湮灭？
酒让你的天穹
折叠成谜

雨　深入汗青以远
酒想代替的雨意
也是我们
固守的寄寓

二十九

被那些布满分歧的路
缠住

那就继续缠绕着吧
如果道路发芽　你就给它
风一样被雨惊醒的果实

大地以道路为赤子
为督促你奔走的愿望
考验　以及伤害
你该忍住　你必须忍住
大地用道路交换你
多变的梦及战栗

而你砸碎过那么多道路
那就继续砸呀
路的碎片正组成
另外的天穹或者遐想

你引以为傲的酒意中
又升起了背对你
碎裂的　多种道路

三十

剑的疑虑　也可能
被转让给风霜

而你是另一种疑虑
与剑的光芒无关　你
途经十月　以风霜
修复残破的剑气

一粒霜里藏满故人的
倒影　剑改变了
多少风向？请你记住
那些铁打的风向

山中走着那个以风霜
铸剑的人　你如何重复
他的道路？剑抵达的未来
即将生锈　他正在
远离你的苦痛

——霜坚硬。剑
必须在霜的呼叫里
忘记唯一的火焰

三十一

你抵押过多少黎明？梦中
一遍遍邀你沽酒的人
缩在星盏的羽翼上
你被酒反复打败的骨头
拥有哆嗦年年的幸福

酒是第几种黎明？杀伐与
麻木。痛。朝堂中堆满
荒芜的骨殖　那向灯火索要
欲望的人　成为杯壁上
曲折的裂纹

那么多手势消失在晨光中
遗忘是一种淬炼
太阳之火　已习惯了
超越浮华的湮灭

就让结茧的朝代替代
布满苔痕的酒意
你熟识的醉者即将迷路
他总无法接近
你揉碎的种种暮色

星辰滑动。一只
鸟　打开史册——
那些重要的苦难
又将再次浮现

三十二

舟影倏忽　将风划分为
三种漫长的道路

一种道路让雪挪动坚硬的空旷
这烈酒撑起的空旷　藏匿过
灵魂试图闪烁的光焰……

一种道路绕过块状的苦痛
你将生涯悬于何处？
沉默之帆　驶过回望者
辽阔的异乡

而被酒记住的足迹
可以构筑必要的季候
风在练习遗忘　风即将
成为足迹背弃的隐秘

另一种道路开始燃烧

舟影被刻在天穹上
你同时在三种道路上奔走
你虚构的远方　又一次
陷入了花与风堆积的
预感——

三十三

鹏与箭　谁已习惯了追逐？
羽觞被入时的雪色
冻住　你终于从疾风中
拾起了那条羸弱之河

比雪略轻的巨石上
站着荆棘般杂乱的圣贤
他们用梦境　堵塞
至关重要的饥渴

河　道路是迷误还是
方向？圣贤们已
无法隶属于这样的道路

他们是分歧的创制者

多重方向渐次酸软
你　被一块路碑
引向醉歌之外

困倦的天色经不起
怀念。河带来
尘埃暗红的声息

一支箭　锈死在
鹏呼啸的骨肉深处

三十四

去一座巍峨之山
可选择以风的方式——

风的起点就是爱
与火的起点
风修复的骄傲闪烁光芒
谁　又将让风的路途
不断延续？

山被搁置在预言之上
山影　绽放细芽
这茁壮之山　理应长成

瞩望中最为鲜艳的
宁静　或者怀念

你在山的诉说里接近
山的寄寓　山
已绕过无边安慰
你是被山势抬升至苍穹的
歌者　你无瑕的吟唱
刷新所有祝愿

巍峨之山仍熟悉我们
启迪幸福的勇气

三十五

瀑流下的饮者　手捻
一柄　缀玉之虹

他说出酒的隐痛与暗
汗青被浸泡出累累裂纹
那些刻满石头的谎言
重新　移过手势

谁自碑铭上摘取愤怒与安慰？
瀑　颠簸的黄昏需要某种

诅咒　谁从失物者
指认的路上　找到
多种沉醉？

而酒即将被锤炼成另外的
愤怒　有人辜负过
急浪之前的爱憎
有人用誓言搓制各种
嘶叫的缰绳

而瀑流开始风化

凝固的涛声已无法注满
那只疼痛的杯子

三十六

对饮者有两张重叠的脸
一张是青铜的　另一张属
梅花质地——

废弃之铜从祖传的
痛里逸出　而梅花跃上枝头
梅　保存着风完整的旧事

昔年的酬唱与此际的酒
无关　酒也是铜质的
刻满各种呓语的铜
又一次　掀开了
坚硬的醉意

杯子遇见过梅花的未来
梅花是羞愧的
江山瑟缩　梅花
修缮酒的面具

对饮者猝然立起身来
泛蓝的脸　让风与
苍穹愈发倾斜

你如何让他的沉默
成为习惯？

三十七

行路之难　唯路
可艰难知晓

欲渡黄河　雪露出难色
被酒误　天穹施予的星光

注满杯盏——行路之人
让古霜绣遍追忆

你劝我沉醉时酒挥出了
既定之刃　我留着你燃烧的
醉意　留着
你总是忘情的歌哭

路将历经更多锻造……

此刻　路跃起
成为那道警醒的闪电

路依旧焕发光芒
这无涯之途一如你
试图忍受的骄傲

而雪　又一次堵住了
路蜿蜒的方向

三十八

一盏酒是你诅咒的
全部理由吗？也可能是
颂赞的理由——

这盏冻结的波涛　留下
山与云霓古老的形状

你想颂赞什么？四季
注满杯子　那试图沉醉的人
又在迢迢路上奔走

结茧的酒意可能已浮雕出
整卷天地之魂

酒记得你的犹豫
酒也印证你的爱及苍茫

风云将带来什么？
酒的怀想
必将重复所有祝愿

一盏酒里　跃动
千百种自省的字迹……

三十九

御风者催山而行　去往
悠悠梦想绘制之地

这是斑斓之风　决定
年岁的走向　也开启着
炎凉严峻的企盼

一种风带来更多坚硬之风
风秉持的言说
代表了寥廓青铜般
强劲的回音

你修改过多义的风向
鹏翅拍软史册
一个陈旧的词已穿越你
灵与肉鲜艳的眺望

风　天地仍自辽阔
你试图劝说敛羽的风
褪下最新的锈迹

风总臆想成为莽阔的你——

四十

又与那匹用以换酒的马
相遇——谁　将听见

风在马的骨节里
断裂的声音？

五花马　我曾在你脊背上
放置如烟暮色
你见证的炎凉与酒无关
而我有万古之愁　我
有与你道路等价的
大宗醉意

木厩中的冷让马影燃烧
你　可能属于另一种
泥泞　属于杯盏颠覆过的
旧式山河

你在我们杂色的醉语中
远去　你曾经回头
我挥霍的剑气
划伤　谁的愧疚？

此刻　你与我再度相遇
陌生的风中　你
嗅嗅我的身影　开始忘记
种种熟悉的痛与勇气

四十一

入得深山　抟日月为窖
自酿一盏风云之酒

山川作为醅料已历经了
千百次蒸煮　山川有一己之痛
鲜艳　远　代表着我与
你共同的醉意

巉岩上　猿猱也享有过
这深长之醉　谁让醉意嵌入
历史？你颤抖的手
拂过虔敬与悟
抑或欢悦——

如果能重复你的习俗
我也试图酿制出醪与诺言
酒漫上汗青　成为
触动灵肉的潮汐

我擎高这漫漫潮汐之梦……

你酝酿的醇香

不倦浮现　站在你身侧
我　必须坚守所有
横亘古今的甘苦

四十二

替江与湖分配潮汐时
月亮是额外的提示

比波浪更为古老的月亮
显得有些谨慎　它
并不完全知悉潮汐的弯曲度
它　曾被潮汐推至
炎凉尽头

你又能掌握水势的哪种流向？
祖传的忧虑　让潮
枯萎　你是否还能守住
浪与岸相互扭结的
种种回声？

月色敲打砾石。沉浮的
石头　让水的未来
变得崎岖

有人涉浪而至

潮汐掀开覆盖灵魂的追忆。

四十三

桥　向左进入
异乡

被苔迹淹没的石头
刻着祖先的名字
一只鸟　在石头内部
飞着　它有绛紫的天色

鸟已让桥贴近过雨声
向右　也是异乡？
你必须在石头的裂缝中
划定另外的家园

桥。你丢弃的涛声高于鸟翅
云与烟尘：拈花的女子
随桥影缓缓走过

如果从桥上返回
你将辜负杯盏的哪一种

苦痛？桥吱呀作响
大河浪费过多少
失效的赞许？

而桥正越过你汹涌的质询。

四十四

你看江边那人　弯腰
默念　然后从水中
掏出一轮黑月

他放弃了嘈杂的星群
他将龙影移入石头
他捧起星辰错失的惊愕

你看那江水　浩荡得
像个孩子　它扭动大量时代
就像个疼痛的孩子

波浪由青铜还是绢帛铸成？
他熟知月亮久远的怯懦
月亮　不敢照耀
那些覆盖灵魂的尘烟

而灵魂让大江腐烂

黑月修缮怀想　一个沉默者

找不到遗忘的道路

他看旧了你荒芜的光芒。

四十五

贬谪者　是依从杨花

还是子规的方向？

路从帝都爬来　翻卷哮喘的

欲念　大唐经得住

几声咳嗽？城垛上的星月

躲闪着　风与遐想

梦境是徒劳的。你

视杨花为浊吏们迎迓的

礼赞？而子规在啼

子规背面是巨鸦拖动

天穹时留下的几道划痕

浮华也是徒劳的？贬谪者

缩在路的躯壳中　他

有无法把握的花影

向西而去　黄夜
已守你多年　此刻
夜压在子规的翅膀上
夜　有隐隐作痛的
千种麻木——

四十六

你　又忘记了
那些醉成火焰的身影

它们像柴火一样燃烧也如
柴火一样诉说　酒
一种酒意有可能代替
那些长方形的安慰

你认识酒滴边缘
飞翔的蝴蝶么？它
以翅翼划分出风与雨声
这蝴蝶　爱憎绵长
你与谁已坚持过
它不变的遥望？

酒与酒交替的风云

搭建起最昂贵的诺言

如果沉醉　就必须忍受
沉醉后的沉沦?

蝶翅忽闪——
酒：请用那绯红之醉
铺展你与我们
艰险的传说

四十七

他经历的醉意
触动多少风云之难?

风可以让江河翻腾
龙的身影即将变为绿色
龙形颤动　也是一种
根深蒂固的痛
与寄托

风　一盏酒收纳了
多少种篝火?那记忆般
闪耀之火也贯穿了
我与你坚韧的

奉献——

风变得冷竣
你理当从篝火中归来

你　别占据
那些漫长的光芒！

四十八

折桃花的人　倚
半湖山色饮酒

店铺摊开三月的形迹
玩偶从风中走过
它们　翻修过酒意
酸软的道路

圣贤与神是掺假的玩偶么？
你　只有这千秋之醉
只有一只杯子
开裂的往事

谁曾将风声搁置在
庙堂之上？冠冕布满

锈迹　一些脸
让风放弃了祝愿

桃花。夕照是某种启示
那么多人消失在爱与
诅咒中　那么多人失去过
沉醉的勇气

而诵唱的玩偶
依然在风与酒的左侧
活着

四十九

一种酒让你的身影
成为寄托——

那些酒有鲜艳的火势
它们沉入杯底　就是大量
潮汐坚韧的轨迹

酒　成为我们说错或
新拟的话题　它
更换了那么多甘苦
酒的坎坷　依旧

悠远而崎岖……

让酒滴幸福的人
该喊出什么？

酒辟出千种坦途
——酒的梦境
又将　焕然一新

五十

一杯酒隔开的山川
仍在延续——

你让山川度过了怎样的艰辛？
酒　成为山川的骨头
你还原了无数种
痛及善念

酒总该自成天地
酒的毛羽有鹏程之远
山川　浸入酒
抟制的绯红潮汐

你触碰过酒的隐疾

在覆盖身影时
酒也超越了身影的锋芒

酒让你的回望
翻卷

酒　是山川之梦
是山川为谁虚构的
最后誓词？

而你正经历酒无怨的守候。

五十一

帆与太阳的对称性

还将证明什么？太阳
认可了帆的默许
它锻造九月　然后
再锻造十月偏右的航线

帆记得骨头上的苔痕
一个人划定的潮汐
涌向东方　太阳
陈旧　但总在更换

你的步伐

帆遇到过那么多远行者
——被帆遗忘
最后　你才有可能
被帆的苦难遗忘

而太阳藏起种种残破之帆
浪与风为何消失？
一块石头　烙满了
颂词的黑色

帆背弃了太阳的对称性。

五十二

那么多花为谁
坚守诺言与祝福？

如梦之瓣发出啸声
你摁住满枝渴望
又一次　超越了花
以及风的苦辛……

花　能重复

多少奇遇？

一滴雨　换取道路
不倦的种种花事

让酒意起伏的人
又站在　风云及花
凛冽的中心

汗青惊醒潮汐——

穿戴风雨的人已只能
深入到神与花朵
无怨的艰难

五十三

饮冰者自山脊之上
跃起——

他咀嚼朔风与云
咀嚼山之痛感
他从冰凌深处掰出
抖颤的山色

山　被封存于风声左侧
他雪粒般滑翔的远方
潜入石头内部

他已习惯了冰吱呀的安慰

饮遍古老江河
这掂量过甘苦的人
又立身茫茫雪色

冰：复杂的凛冽
自骨肉中
浮现

他　又将大束疾风
刻进你的血脉

五十四

侧身出峡。湍急的江流
揉碎过太多怀念

出蜀也等同于另一种入世么？
你　不相信江心巨石能
扛开墨写的波澜

不相信那场宿命之雨
又在推高骨骼深处
卷曲的豪气

请让路途押上江潮的韵脚
长帆入云　你
曾因暮色踟蹰——
你还将把身影纳入哪种
灰暗的时辰？

险滩相续　你以肝胆
抵御千种风烟
而在波涛另一侧
你锐利的祈愿
已然辽阔

五十五

别让风与你衣襟左侧的云
扯上关系

云　有易变的血脉
就着风声　云
吞咽自己的履迹
云是逼退过大风的骄傲

一朵云　曾经成为
风唯一的旗帜

你衣襟上朽腐的晨光
为何　依旧让云
退回往昔？

云超越了风的坎坷

你在赤云上雕刻的未来
还藏在
骨肉最鲜艳的痛里

风　让出千种浅芽
风中之云　加固着你
叶脉状旋舞的执念

五十六

煮沸之酒　腾起
照彻天宇的火

你让一滴酒艰难地
活着　活得像
某种呢喃的兄弟

如果酒滴破碎
你将被哪种醉意提升？
你璀璨的苦乐　已接近
风与骤雨飘荡的习惯

且让酒挪开铁打的空旷
你是酒损害年年的
伤恸　酒的沧桑
不值一提

酒　如何进入史册？
你黝黑的脚印
再度崎岖

看　从你泛红的黎明出发
酒正重返风固守的
企盼以及遗忘

五十七

秋天辟出的通道上
一个人再次融入
紫色星辰

他想绕过更多风声
鹏与云：大地为何沉寂？
大地为何习惯了沉寂？

一个诵唱者走在风的
侧面　他藏不起
风的憎恶　也无法
背对来自大风的挚爱

灰色天穹
有可能仍悬于书页之上
鹏记得星空的弧度
鹏与云：一次失效的
安慰　又让大地
重复风的艰辛

一个人被云堵在
歧路之上

星辰奔跑。

像神坚持过的某种妥协

五十八

从琴过渡到花　杯子倾斜
——醉意　已约定俗成

山花呈墨绿色　它们在风中
晃动　你看了看对酌者
看了看　弦上纵横的天色

杯子挖空心思　想切入
酒与花的实质　酒被当作了
最早的遗忘　杯子
该如何学会遗忘？

而花有更为刻骨的遗忘
此刻　花紧锁住
玉一般的姓氏
一个人　必须成为
自我的回声

对酌者被一朵花
摊在萼上　而你只能
置身于花梗之上

他有与你相近的风向

琴与杯子　成为
真正的对酌者

他和花交换了一种光焰
然后　再次将你搁回
泛黄的酒滴深处

五十九

谈论江山的人
也谈论被江山辜负的脊梁

风月值得推敲　谁
修改月晕的弧度？荆棘状的
风声　堵住了宫殿的追缅
谈论炎凉的人　也谈论
风松弛的沉默——

月亮经受过多少诅咒？

但祖先仍将月色悬挂在
灵肉间　祖先们
有可能在下一种弦月中

重现

大风放弃过祖先的凝望
暗夜是一种安慰
谈论苦难的人　必须
在乏力的谈论里　一遍遍
躲闪　风与月的暗疾

六十

我可能仍会怯懦
——在你的酒意扩大之前
我　或许仍只能
扛住酒意斑斓的旗

旗呀　请迅速告别信仰
——旗的伤势　艳美
硬　且百般坚固

谁让旗在酒滴的回声中
飞翔？碎裂之旗
只能飞翔　且让这些
飞翔　适应各种
习惯性坚持

我可能仍将以你的宿命为命
酒滴喊醒灵魂　喊醒
你总无法背弃的远

如果还能以酒为敌　酒
理当漫过这既定之远　漫过
你试图再次圈点的恨以及
艰苦倾诉……

——还是继续陶醉吧
风吹送酒意　那摁着酒的
肋骨颂唱的人　仍将
归属于　风与苍穹
延伸的所有迷离

六十一

有人在呼叫的石头上
凿刻多种星辰

剑的星辰渐渐生锈
火　试图多拥有一些星辰
火有些躁动　如果
让星辰向东方挪过去寸许
火　就会减少一些灰烬

而水不需要太多星辰
水在上谕与凌乱的训导中
变得浑浊　但水
躲不开那些黑色星辰

作为星群管理者
你让那双刻镂的手麻木过
多少次？手曾经渗出
血滴　指纹旋转
你让星辰的毛羽剥落过
多少次？

石头放弃了疼痛。

凿刻者　是一种征兆
星辰的朝代与粪土的朝代
重合——草木的星辰
正缓缓挤开蚊蚋的星辰

六十二

雪　将山峦搬进风声中
——追着你骨头的雪
正烙在

你遗弃的梦境上

宫娥在丝绸深处叹息
她们比此刻的雪更为坚硬
她们决定着整个朝代
姹紫的深度……

雪也将山峦搬进典籍中
你躲闪过多少典籍？
雪忆起火焰之路　忆起
你摞向大风的质疑

朝代是你趾尖的极昼还是
暗夜？饥渴之虎
饮干整条护城的波光
你在一枚枯裂的卵石上
刻写麻木的风俗

而雪是更早的麻木
冻裂的旌旗　渐渐由红
变黑　你希望它
展露值得震惊的紫色

雪留下的山峦
即将臆造出　你难以

回首的雪——

六十三

还是雪。雪——
在探讨成为未来的可能性

山河与什么时候的雪
有关？你拾掇好
陈旧的冷　风卷动
雪忽略过山河的辽阔

你从舟楫上解下某种
深灰色旅途　已走过了
太多冬天　你的旅途
仍归属于风与眺望

故园在雪偏西的一角
此刻　故园仍是坚硬的
像黑鸟的一声长鸣
什么时候　你忍住了
雪斑斓的默许？

鸟　开始衰老
雪封堵的鸟啼成为燔火

它们燃烧　然后
落下雪的碎片

还有什么值得反复遗忘？

雪。还是被风推动的
山河？还是
雪。以及怯冷的雪……

六十四

宁愿去长安还是忆长安？
此刻　风在问风
酸楚的肋骨

但长安始终被安放在
风的中心　像一片镀金的呓语
长安也可能向你骨肉的
反方向挪动

你在颂歌中说错过一片
暮色——琉璃的太阳
变得单薄　你可能仍需要那片
荒谬的暮色——

而黑雨中也有一座
泛紫的长安。宫墙参差
蛾眉之光预约了
千百次欲望　你描述的花
已只能是失效的欲望

该离开长安还是
遗忘长安？

面前是冰雪竖起的墙
你将身影烙在墙的裂缝上
你　为什么只能
成为　长安最疼痛的
那一部分？

六十五

离朝堂三个时辰处
是一叠　黑黢黢的鸟声

谁的朝堂？二十种
身影　扑向鸟鸣右侧
谁　摁住夕照
让鸟回到山与大河
遥远的旧俗？

谁还需要这繁琐的
朝堂？

多余的骨头可以
借给瞬息万变之风
鸟　必须疲倦
用焰火构建翅翼的鸟
必须垂下毛羽
梦境一样　疲倦

如果再远离朝堂半个多
时辰　你宽袍的暮色
又将卷过哪一种
变质的震惊？

六十六

退却的船　正越过
第四种虚构之浪

船是水滴的暗影。大江
布满绿锈　它稳住自己的
疼痛　再次接近
谁与生俱来的沉默？

它认识千百种波澜——
浑浊的预感　社稷的裂纹
誓词上的污渍……它
记得千百种刻骨的荣辱

还能从哪一种荣辱里
退却？大江的弧度也是
灵与肉的弧度　一种
波澜　停在空洞的
旗帜之巅

旗帜的未来变得锋利。

而你必须面对
第七种虚构之浪

六十七

他们说旧了风浪。一盏酒的
苦乐　又被涛声逼至
灵肉以远

谁曾以风浪为荣？布帆无恙
虚设的旅途重新进入到

水滴中　告别者渐渐
老去　告别者代替过多少
无辜的追忆——

你携潮汐而来。月晕
微黄　龙按压的苍茫露一道
弧形湿痕　你给潮汐
预定了最新的回音

而他们错过了风浪之爱
锤炼你的　是血脉坚守的
所有流向——而他们
错过了旭日与酒
共同的警觉

风与浪刻镂出
墨渍深处的星空　你
诺言般持久地活着
——你的风浪
总无法背弃

六十八

烟尘与文字。陌生的
楼台起于瞩望——

黄犊在野。诵唱的人
掩不住半襟苍茫
剑戟　从庙里闪出
剑戟向宗庙卷去

诵唱的人漠然唱着
九月是一次忆念　黄犊
在野　羸疢的祖先
被大风惊醒

谁试着遗忘？
楼台更换的姓氏
隐现霜色

字丛里蠕动多翅的虫
黄犊在野　风
吁出一口长气——

诵唱者让血脉深处的
谣曲　风一般活着

六十九

石头是最早的送别者　石头

挤伤大量深蓝之雾

这么空洞的江声仍可以
搁在石头上　这么浩荡的江啊
不会平息

石头说出什么？让它
继续沉默　让它
遮住　江潮的折痕

古老的送别　剜开
年岁　一些路开始消失
一些路　成为带刺的晨光

你还能背对什么？风霜
变暗　石头的方向
难以更改

有人在落日后
寻找石头

请重复这漫长的告别

七十

骑马的人在找那盏
倾斜的灯

泥渍。昏暗的风
漫过马蹄　你还能
抵御多少歧路？

灯被藏在哪一种承诺中？
你并不放弃什么
灯盏之痛　也可能
代表唯一的欣慰

而马也将成为灯盏
马的光芒
变得克制

它把你剑刃上的霜色
挪进云霓

你仰望什么？风
给马带来了更多风向

骑马的人　让一盏灯
缓缓沉入往昔

七十一

直到律令出现　风
仍无法界定山河的秩序

什么律令？知晓的人
已然忘却　而骨缝中的痛
可能正是其中的一部分

你是被宿命反复限制的
吟哦者　风吹乱信仰
吹乱典籍覆盖的星及歌哭
你　被山河移向
罡风北侧

而山河是最严峻的律令
你的遐想应适合某种
起伏——苦难
值得珍惜　也该被
纳入恨与羞怯的框架

山河在找

那些健忘的人

请从被翻修多遍的身影中
查找　那些虫声般
凌乱的律令

七十二

剑客在树荫下
打盹

世事与剑刃无关？
那就暂且无关吧。剑
在剑客的侧影深处
打　盹

鸦让剑的光芒打盹。

鸦是谁试图背弃的警觉？
风推开鸦鸣　让苍松
重新开始飞翔　风
想在鸦校正过的
诅咒里打盹

朽腐的绢帛留住了

部分山川　春与秋意
被镌刻在骨头上
你　说出什么？
变形的落日
在桑麻中打盹

有人将泛黑的呓语
悬挂成旌幡　剑客嶙峋
在脂粉遮掩的朝代里
打盹……

七十三

霰停在风中　像某种
劝谕　但不会停留得太久

霰在找那么多燃烧的骨肉
只有灵魂不能燃烧
灵魂　只是一堆无用的
灰白色灰烬

霰：天穹的痛经不起
质疑　而天穹依旧痛着
你试图更换的天穹
仍需反复修补

霰是天穹最早的那一部分
可以飘散　也可以
在焰火中重聚

你高举的杯子
为何　总在错过
这宿命之霰？

霰。迟缓的太阳
即将成为预言

七十四

半轮山月　随江水翻涌
你交付给涛声的船
又触及了另外的波澜

把故园寄放在露滴深处
蓦然回首　月微黄
一滴露水预演的路线
在急风中　起伏

长桨击水　整条江的轶事
堆积成相互勾连的字句

押仄韵的北斗
正反向运行

巨大的漩流守候过多少身影?
你只舍弃身影的一部分
便贴近了　龙
悠长的喘息

弦月　从江底上升
你将逐一代替
各种陡峭的水势

七十五

星象存在多种变数　像帆上
那一茬茬长方形鸟影

巨翅　与哪种风云有关?
山势被一丛拱伏的草
打断　而山仍将在
血脉里延续

你将一百种山峦的姓氏
挂在岸边的蓝雾上
山　熟记所有迷离的星象

一粒蚕豆之星　重新
绽放花瓣

鳖与石头独占过多少星象？
此刻　你立于波涛前沿
让鱼鳞上的风　回到
风不忍揭穿的往昔

有人向天空扔出
最后一块石头

星辰回应未来。那块
多余的石头找到了
你渐次成形的爱憎

——星象环绕的尘世
是否　仍是一种
持久的变数？

七十六

石头是澎湃的　石头
远离了那么多坚硬的水

菊状的石头本身就

源自花与水纹　源自
花瓣绿色的呓语　而你
紧握着石头参差的各类根须

石头是吉祥的　念过那么多
咒符　石头已开始
涌出热泪

你曾拾起鸟卸下的咒符？
草木中　藏着大量
陌生的河流　石头滚动
一如篝火接近早期的
年轮及夙愿

石头是炽烈的　它
把波澜捂进曲折的骨骼

请与那块飞翔的石头
共守大河刻写的
所有勇气……

七十七

依旧会与弦月说到
那盏宿命之酒

泛黄。浮动的风霜如
面具罩上宿命　酒
该如何忆及一己的波澜？

弦月比风霜持久
瘦削的光芒　被风的影子
裹紧　弦月也想将酒
说成你与春秋的轶事

而酒将弦月纳入
摇曳的火势中　酒是一次
回望　涉及家园
与千种苦乐最初的秩序

酒向流星赊借过
多少种道路？

你属于其他道路
风想改变的方向再度凌乱
你从风声中　拾回
灵肉灼热的守候

看：弦月又移动了你
不变的杯盏……

七十八

马　是一种琴声
跪在泥路上

马的路程难道一定是
你颠踬的路程？马
让路停在急雨中
你　是另一种琴声

斫土为琴还是将这深灰之雨
堆积成琴？路途从墨渍
及一小片童稚的山墙开始
你将马影黏合进晨昏
你的云霓扬鬃而啸

马在找它单独的晨昏
路的疼痛跨越朝代
马　在找一些骨头锻造
风雨的努力

马出现在其他路途上

马在诉说。你交付的

夕光烙在青铜与弦歌间
马　还能跨越什么？

七十九

等你的人举着一枚
土陶之月——

夜这么深　那么黑
等你的人曾躲开过多少
风声？夜那么冷
这么锋利

夜：月亮是第一种记号
谁烧制的月亮
有风陈旧的形状

等你的人熟悉所有
风声　鹅黄色的风是
黑风扁平的往事

月亮发出的声响有些
缓慢　这土陶之魂
连回音也那么缓慢

风与暗夜还需要
多少安慰?

等你的人　举着
月亮舍弃已久的传说

八十

蚂蚱来到这么高的山上。

携风者　你挥霍的足迹
有某种锯齿形欲念
你　攀过了多少
青草之忆

彼山与此山:相望
还是相忘? 对酌者从
神换成石头　而蚂蚱比
石头坚硬　蚂蚱有
贯穿春秋的醉意

大风吹乱天穹　山势
趔趄　蚂蚱的杯盏
逐渐倾斜

山。蚂蚱的翅膀
布满划痕　一些繁复的
雨　记得蚂蚱的渴望

石头还将移开谁
醺然的身影？

八十一

桃花上的皇上　被谁
记挂到了上个暗夜？

桃花微颤　你看三月的露水
像不像江山催促多年的
其他露水？

皇上面色泛绿　桃花试图
将太阳移向西面　桃花
摊开大片华丽的隐疾

裙裾有云霓的响动
宫阙迎风　它必须将
这神圣的欲望
带到　风的尽头

桃花错愕——

皇上说出什么？
桃花　依然错愕

夜由各种大小不一的
石头堆成　那在石头上
凿刻龙鳞的手
业已灰暗

它　如何躲过
桃花璀璨的麻木？

八十二

别惊动柳树上的星辰
它们　是风采撷过
多年的果实——

它们嵌在呼叫的文字里
像犬喊了又喊的骨头
那写错过光芒的手正捂紧
星辰支棱的警惕

柳树留在了多年前的风中

风。炎凉将以
怎样的方式重复？风
接近了一己的回声

而星辰掌握着风葳蕤的
道路　风与天穹共用的未来
进入某种醉态叙事
星辰　让柳叶纷纷皱眉

别惊动柳树挽留的星空
以及漫长回望

八十三

该如何记住那场
被火焰围拢的大雪？

错杂的山势源自
杯盏　一场等你的雪
卷动灵魂　雪
让火焰变得迟疑

雪的道路如何与我们的
道路重合？雪越过
往昔　覆盖了

那些最初的眺望

而你曾错过多少大雪

雪的尽头是否也是
风的尽头？火在雪的
光芒中　入梦
杯盏　能否入梦？
一个掌握大雪方向的人
走向雪的背面

你　该如何远离这场
让年代倾斜的雪？

八十四

落日与鱼　可能仍在
守候我们的脚步

落日挤窄波涛　一个人
持续的爱憎让谁沉默？
落日遍布鱼鳞之色

鱼如何铭记苍龙的诅咒？
龙　老得那么迅速

一如朝代侧面
那道灰暗的闪电

你在鱼与鱼交错的目光中
获取意外的祝福
落日高悬　鱼的潮汐
逐渐　生锈……

鱼　不只
拥有一种落日

鱼将某片云影送回
巨石之巅　落日
严肃　如一种必须
倦怠的力量——

八十五

俯身黄河　你能想到的酒
就是将黄金锻造成
誓言的酒

黄河比岁月漫长　你
放置于涛声上的家园依旧辽阔
龙　曾与你共享

这不朽的家园

谁凭借酒意雕琢出更多龙形？
迎着罡风　谁俯拾
苍穹珍藏的爱憎？

黄河几经回溯　在将至的
云霓中　排列苦与乐的秩序
黄河倚杯盏　见证
一个歌者无畏的质疑

而酒中的闪电始终
活着　它划出另一片流域
让灵魂　进入大河
既定的光焰

八十六

怀抱绿绮的人还留在
左侧的山上

猿猱拼接出多种殿堂
琴：上谕隐入风中　风想
寻找一副真正的枷锁
一副适用于所有风声的

红色枷锁

它由琴影及痛构成？不。
也由夙愿与遗忘构成
枷锁战胜的春天依旧遍布
花卉　绿绮被花香搬动
它漫长的鸣响带来
苍松与暮色

而你曾端坐琴声北面
石砌的琴声泛动细小的
苔痕　你曾将
一小片琴声刻进枷锁

这是个需要赞美枷锁的时代
唱和者虚构出大量星空
而星辰还无法
如期　升起

风中飞翔的石头又一次
预见了　绿绮与山势
无法更改的破裂

八十七

与天马相遇前　你
错过了那轮碧绿的旭日

马也在渐渐变绿
但马有赫红的汗水
有比风更壮阔的嘶鸣

马：旗帜与哪一种天色
有关？马的梦境被卷裹在
悸动的山川上　马
即将成为另一种梦境

你错过了马刻在旭日上的
喘息　马超越多少
歧途？马重复的眺望
重新变得重要

旭日试图被谁的征程改变？

马并不想属于旭日
它将你的身影驮至诅咒与
焦渴间　马是一份守候

是你嵌入晨光的
艰难默许

八十八

芙蓉保存着另一种水势——

鳖。曲折的黎明冒出
第一个气泡　芙蓉
试着怀念　它们
触动根茎间艰难的夜色

鳖可能托起了一个国度
淤泥与阳光的国度
盖着龙骨与灯的国度

而芙蓉是鳖的第几种问候？
相对于流水　芙蓉
隐藏的花色过于薄弱
但芙蓉肩负着改变
流水的职责

芙蓉还将改变什么？水
从太阳与星群交错的季候里
溢出　芙蓉压碎过你

修订多遍的波澜

你将水势移向东侧
鳘放弃的谣曲依旧漫长
一朵赤荷　清洗着
谁陡峭的旧事？

八十九

石头内部微醺之神
有可能成为另外
三种石头——

绿色石头拒绝的苔痕
代替过惶然诗意
蓝石头将某些天穹浮雕在
耻骨之上——蓝石头
有酸软的齿牙么？
它一扭身　就躲过了
红色石头艰辛之爱

神已早囊括过三块石头
坚持的欲望　石头是一次
戒备　它将神的遗忘
置换成风雨构建的

千种花瓣——

神。石头如何认真
延续哭与笑？神从风中
坠下　跛脚之神越发倔强
一如桃枝上洒落的雨意

而你有大于雨滴的痛
抑或寄望　风卷动
神多义的方向　让神
重新成为石头以及
石头的回响

九十

写过那场大风　你就
再也走不出黑色风声了

从长安到梦乡　一场风
不改迟疑　风有预期之远
有缠裹你脚步的
大量习俗

风拂拭碑铭上的天色
宫娥掌管过哪一种风向？

从梦乡到长安　歧途
依旧如画　宫娥们如何
辜负言说者忘却的艰难？

你对风的源起了然于心
但你不重复风的命运
风　再次浮现
并划伤各种誓词

你锻打出风的路线

整个世纪的风被刻在
骨骼中　谁
必须习惯风的沉默？

九十一

存活者是那只衔书疾行之鸟

它传递风云构筑的天意
还是恶欲？举头的人
将苍穹重新悬挂在鸟羽间
什么时候　他们
已习惯了各种恶欲？

天意可以虚构　但不会
虚伪　青色云压在
鸟喙上　鸟打开暮色
像打开用苍茫炼制的种种
红色药物……

你在药丸与凤凰之间
选择了石头
选择了石头的迟疑

鸟衔书翔舞。它不赞颂
不吐露四个生字组成的痛
与酸楚　而药物闪耀
药物上镶玉的痛
在不断闪耀

只有苦痛能让鸟
成为预言

九十二

遇见蝼蚁　遇见
一己之痛及蝼蚁的宿命

遇见蝼蚁踩偏的石头

风推开石头。遇见
为风淬火的苦难

遇见让蝼蚁攀援的草
草尖濡湿的太阳
也悬挂在宫门之上　遇见
太阳忘记的各种面孔

遇见蝼蚁细说的篝火
灰烬仍预留着
半轮太阳　遇见
歌者最为适合的药物

遇见比蝼蚁坚固的梦境
陶质的谶语　缓缓
晃动　一些头颅
压低仍将焦灼的回望

遇见蝼蚁不敢搁置的
炎凉证据——

九十三

烟尘在北——执戈者
从风坚持到霜　戈之光

依旧坚韧而锋利

烟尘袭上苍茫啊烟尘
理当延展　理当
延续那么多种默许

烟尘源自何处？
诵唱的人撸动远方
烟尘　遮不住
恒久之爱与奇迹

烟尘抵达笙箫之遥
谁必须说出
回声缠绕之谜？

烟尘呼啸
风卷过了谁的疑虑？
多少人托举的酒盏　成为
生涯唤醒的目的——

烟尘无尽啊烟尘
就是目的

九十四

请与月亮一起印证
山川的古老以及吉祥

月　微黄
故园之月如何也成了
各种陌生之月？
月　以不改的回想
触动良善与美

月坚守的天穹由绿
转蓝　月是一种
过渡之色　综合着所有
洁净的习惯——

月　划过酒盏
你是月亮的第四种身影

月色　依然斑驳
一样的月晕又改变了
我与你不懈的询问

那唯一之月

业已超越某种怀念

九十五

她缩在墙根　稍远处
即是菊花再次证实的东篱

她拾掇你摔碎的酒碗
酒滴上的天色
擎高各种柱状火焰　她
曾多次成为你刻骨的醉意

酒：一种生涯
重复过多种爱憎——
酒像某类遗忘　卷动菊
注定应当坚守的隐秘

她记住了你漫长的路途
和你即将迈入的风霜
你早已归属的大幅烟雨

你从宫阙上拂落的身形
依旧古老　依然战栗

她想在菊梗上添加

几束被你忽略的花色
任它由青转黄
然后　再转向命定的
最初苍绿——

九十六

静夜　月色搭建起
另一处无边起伏的故乡

霜将在什么时候出现？
从井沿　铺展到
疑似三五年前的花事之巅
霜　渐渐侵入
你的灵肉

举头望月而月已模糊

月习惯的远
又将带来冥想者不懈的
期盼　故土如梦
闪动铭心的种种应许

不让花朵倦怠的人
总有灯盏熄灭前

旖旎的旧事

月亮转过墙畔
瓦脊上的风　徐然
让抠痛背影的人又一次
返回到黉夜深处

九十七

宿墨里有半匹卷曲的山河。

几种头颅搁在烟尘中
干戈与麻——马蹄
以铁的方式滑动

墨写的蹄声依旧潦草
山河潦草　铁在骨节里
藏匿锥形火焰

马占据大量昼夜
受伤的刀刃仍闪动红光
你记得星月之痛
记得一轮旭日葬送的
风与祈求——

王朝由呓语构成
呓语由冠冕的五种
阴影构成

你摊开的手上也有
一个浅灰色王朝

碑石　弯下身躯
嘈杂的星群　重新躲进
墨渍中　它们挤偏过
多少华丽的沉沦！

九十八

顺江而下。只需三种季候
风就会抵达你险要的
骨节

风绕过宫殿与粪土的方式
完全一致　风曲折
风必须容忍自己的曲折

江是倒悬之路？江声里
走着更多的骨头　你
遇见过哪一种从自我深处

逃离的骨头？

从那些江到这条江
帆小于水滴　击楫者
正回溯到风多年前
陈放的麻木——

一块骨头重新疼痛

像星星偏北的灰褐色
一块骨头　溅出
火花　它将往昔再次
浸入水中　它
试出了来自你及
大风的战栗

九十九

月下的吹笛者正在老去。

梨花或者鸟影。一座城池
被眺望隔开　笛声顺枝条
上升　谁的月亮让
三月持续醒着？

梨花比月色漫长　吹笛者
将一条河　挂在风中
它预测过流水的
所有遗忘

你被灰蒙蒙的笛声围住
像云围着一枚
飞翔的石头

石头上的第二种黑夜
还保留着风的形状

吹笛者必须老去
他与你　隔着一次
沉默的距离

他与梨花隔着一片
笛声和你的距离

一〇〇

你总会遇到
那个与你无关的人
他在霜里时你在
水滴中　你总会遇到

那些与你无关的人

星空与虫鸣互换。那人
拾捡沿途染疾的字句
虫：家园的黎明也是花梗
低垂的黎明——

那些人谋划过入时的天色
大地低于火势　低于你
搁在长风尽头的手
你仍会遇到那种
与你无关的人

关隘与期盼。划桨者
坠入云的光芒中
他像一则神话　他
让波涛成为神话的回声

你只能遇到那个
与你无关的人　他在咏唱
他将祖先的梦境刻进
黏土中　他触动
所有骨头坚持的宁静

你必须遇到那类

与你无关的人

一〇一

酒之暗面　接壤
楼台相对的各种九月

他们醉着　叶落向天穹
他们必须严肃地醉着

你评说的菊意依旧是
锋利的　或黄或白
然后转黑——这菊的光芒
曾被多次扼断　他们
只能醉着

大地用骨头换取过谁的沉默？

酒　开始苍老
酒的指向就是时间的指向
就是路与悲欢的指向

你比往事遥远。他们醉着
他们让刀与即将言说的
霜色　一遍遍醉着

酒之暗面。你布置的
炎凉有些倾斜　你
为何仍将以遗忘的方式
醉着？

一〇二

那时你手中的石头
说波斯语——

胡姬有束发的黄昏
河从酒盏中渗出
长笛裂开　像一大把
骤然跌宕之火

酒肆中的歌者比石头
坚硬　酒裹紧
偌大山河　将那些
从异域搬来的梦境
排列得格外整齐

你手中的石头
可以代替
哪些尖锐的天色？

扭动的姬　是黄昏的
第五种影子

马在门外的柳树下
嘶鸣　它踢伤了
一己之路　马
知道酒滴中深藏的
最好苦难

你手中的石头压碎过
多少艰辛的醉意？

一〇三

无咎。乾雨洒遍坤禾
风与雷急得拍打天穹的骨肉
及盐：水滴中
龙影冉冉而青鸟荷雨四顾
它用左翅扇动天籁
骨肉嗤嗤作响：无咎

无咎。曲径是某种召唤
途中的雨　即是归宿之雨
相面者忘记了脸的方位

有人簪缨而笑　石头
已化作最初的笑声
或者愧怍。无咎。

无咎。花月分担了漫长的
饥渴——用泥捏制梦境的人
成为梦境　然后成为
梦境脱落的尘灰：无咎。

无咎。忍耐什么可以
真正抵达既往？吉。哼唧的水
漫过第三种身形和惊惧
但水的轮毂缀满过激的日月
水光粗糙：无咎。

无咎。卦象中有不尽的焦灼
和隐痛　灯变成绳索
而灯只能成为
最好的绳索：无咎。

无咎。明日是不咎的
风及归途：无咎……

一〇四

荒凉是速成的。船
自灰雨滴中闪出　操桨者
即将代替某滴刺骨之雨

辞别还是奔赴？人的长途
也是这雨的长途　船
错过了你的第一种质询

你有如此辽阔的渴望
被雨遮盖　也被雨舍弃
船保留的雨声让桨影
变远　船如何隔开
风的沉默？

一些远行者正在归来
他们转让旧事
船　他们不负责追述你的
旧事　而荒凉已只能
是速成的——

雨有不朽的挚爱
水中跃起的雨触动宿命

船：酒与月更新了
荒凉　你隶属于
涛声延续的
最后可能

一〇五

绕过彤云　你将
再次遇见荒野之菊

露水中的菊是紫日的
多少种阴影？你
在箫声里藏好往昔
你在往事深处
藏匿　艰险之菊

爱欲与酒。当前的山河
取代祖辈的山河
而菊是谁经手的苍茫？
黄菊的痛　压碎过
玉石砌筑的白菊

故人在泥尘中　菊
开始飞翔　一个吟唱者
错过了华丽的伤势

菊　天地需要一次
翻覆的理由
菊将荒废的风泼向骨头
你将留在菊的反面

你是菊承诺过的天色。

一〇六

酒又容忍了你的酸楚。

酸楚又如何？酒
从血与汗渍上溢出
酒的呼唤　亦幻
亦远　代表着
蔓延不息的种种追忆

你的酒已成为虫豸之酒
酒　还会覆盖石头拍击的
雨雾么？你的酒啊
即将代替源于
梦想的所有话题

那被酒意修正的丘壑

激荡天籁　你
可以取代的足印
比酒滴更低

听：锈蚀的酒意
依旧回旋　像你不断
见证的缤纷奇遇

一〇七

古道。昔与今是一种尺度
而你是自己的朝圣者

自黎明出发的人不一定
在黄昏抵达　你如何真正
成为那个寻找自我的人？
上一阵风　带来
更多的途径　你曾遇到过
多少寻找自我的人？

你与风的回声保持着同一种
方向　一些人必须
背道而驰　他们
比风与道路更为迟缓
但他们真正接近过目的

你熟记过哪一种坍塌的脸色？
风不属于怀念　你
将风的未来界定为最好的
痛　风时断时续
像你扔进字丛的阴影

古道：一个蓦然回首的人
影响着路的历史
而你走着　你如何
让山河恢复一首谣曲
既定的光焰？

一〇八

望乡是一种习惯。呢喃之鸟
挂满旧树　它们用黑羽
标示出另外的故乡

你与鸟有同样的迟疑
井。井中的水布满
苔迹　井水中的人影呢？
鸟　看得出你的沉默

而你常常弄错家园的方位

从这一刻望过去　家园
依旧缥缈　鸟抖动黄昏
像抖动昔日错过的
五种时辰

谁还在纠正古老的风向？

草与酒肆。既往的
烟尘也是此刻的烟尘
你俯首山河　在鸟即将
消失前　迈入了
源自故土的浩阔风雨

一〇九

山中屠龙之士
已早忘记了　自己
肋骨上的星空

他的苍老是有理由的
龙被寄存于青石上　龙
坦露无效的肝胆——

他也想成为一块腾跃的石头
将灵魂刻制成完整的

龙形　他想让龙重新回到
星辰间　不借助手中
嘶叫的剑　完成
一次清除梦境的超越

而你堵住过
龙飞翔的季候　龙的
甘苦与大地的丰稔有关
你　指出过龙
虚弱的幸福

谁说起你和他相遇的时刻?

长剑化作某种风声
他　将龙影缠在
石制的旗杆上　他
看低了你陈腐的落日

一一〇

云是移动的道观　你
向云中鸟求证日与月的戒律

你在鸦及三只燕雀间奔走
太阳是鸟轻扬的右翅

如果左翼扇动　你
将经历一场旷世之雨

你必须靠某种符箓活着么？
太阳忆起鱼的呢喃
而雨成为鱼目中
渐暗的你

你向一只甲虫打听
神的隐痛　红尘从诗篇中
坠下　你向庙堂上的
蛛网赊借紫色云霓

云　走得比九月缓慢
你让九月的风
驱动山河　一些露水
露出了梦的痕迹

当黑鱼之昼与银鱼之夜
重合　云的聚散
是否仍能延续？

你从云的惊愕里
挽救过布满箴言的
大地——

———

突然疼痛的肩胛托起
褴褛天穹　你擎一盏酒
祝福我们共同的山河

泥淖上浮动的星
让剑嘶喊　让锈蚀的
梦境　愈发执着

行吟　一种无怨宿命
星辰穿越火与歌谣
酒　想代表群星
延续风最为凛冽的诉说

你在酒的慰藉里
贴近汗青　贴近歌者
无法简化的遗忘
谣曲吱嘎　谁指认着
你命定的蹉跎？

肩胛上的云
也坚持着这悠远之痛么？
酒啊　正将整座

大海攥热

酒即将入梦
它卷动的波涛
又漫过了　歌者
仓促的幸福

一一二

去松针上找第二场雪

他们拒绝过的雪色
依旧素洁如初
唐代的雪　也有可能
成为先秦之雪

缥缈的祖先仍旧是祖先
胆怯如石的祖先
突然幻化为预期的雪
雪飘坠　巨松承载的暗
愈发密集

松针已忘记第一场雪
它们是季节前置的哪种
理由？雪让灵魂

拥有假设多年的铠甲
雪　让苦乐持续

而第三场雪将与你
同时出现　你
是为雪设置多种道路的人
雪　将重复你
不朽的足迹

一一三

果实与神：风的枝条
只拥有一种果实

神卸下多余的躯壳
在你的默认中　神像某种
灰烬　正徐徐拂动
汗渍内部的波澜

神与果实：酸涩的梨影
烙上灰雀之翅　神
只拥有一种光芒　神
想向梨子借用某部分光芒

你将在哪个时刻

成为瑟缩之神？果实
摇晃　雨记得宫墙上
倾斜的月色

一个艰难的歌者
遇见果实的往昔而神
没有往昔——

神没有未来。神的悲喜
是固定的　神没有
多余的果实

果实绕开救赎。

你是神指认的启示
你向果实索要过神无法
归还的沉默

一一四

舞剑者让大团雪意
停在空中——

他啸西风　踏五岳为
些许泥丸　云缠绕的臂

揽定一枚赤日
他将半捧沧海置放于
鸦与凤凰
参差的翅上

剑　吞咽旧雨新云
他从某种龙形起势并续以
松柏青翠之力　剑气
紧裹大群斑斓之虎它们
不嘶吼　不曳动
尾椎之外瑰丽的烟尘

他觑见了所有鲜艳的寇仇
长剑当风而长剑
也在疾风中
反反复复碎裂

剑的光芒仍将
被烙在漫漫苍穹之上

雪让风隐入风俗——

舞剑者吱嘎作响的
骨肉间　藏着另一些
默诵剑诀的你

一一五

在巨椿与星空间
你　选择蝼蚁

选择曾飞翔过的石头
和水的指纹　选择纸页上
枯裂多年的墨痕

你放弃的椿影会逐渐
嵌入骨肉　星空
不只在高处　也在
蝼蚁泛黑的脊背之下

也在树根西部的岩穴中
一个炼丹者　手捻
大片繁复的空旷
他试得出苍茫的火候
他是第一个将你的沉默
炼制成风云的人

你选择鸟翅托举的雨声
上个世纪的雨落在
大唐边缘　落在半把

皴裂的篝火上

炼丹者如何入睡？

你将那粒燃烧之星
放回椿树旋转的
年轮北侧

一一六

过巫山时看到的是雨
还是暮云？

人说是巫山。人说是
一种入骨的谶语
人说是山石
布满苔迹的各种伤势

舟子有逐浪的咏唱
人说裙裾上的尘灰已掩了
千百度潮汐

人说石头的话会被风
记住　被日头与铭心的
月晕记住

丰腴的念想如何消逝？
人说是心事茫茫
该消磨的又将浮现

芥舟与丘壑。晨雨
连接的夕光浑无际涯
人说是永不平息的江水
人说是山影上
常新的虚无

而渐暗的云仍握着
那滴默念之雨

一一七

对酒者似可再更换
一段春色

以花朵计数的醉意
该是五盏　还是十巡？
累累山影浸泡而成的酒
不一定真就守住了
山河的原味

那是否正是被写入典籍的
山河？苦涩的山河
露出流苏状伤痛
你　难道真能辜负
这样的伤痛？

鼙鼓。血。战伐与火……
倒退的太阳找不到
黝黑的方向　马骨敲打
春天　而夏与秋日
注定会成为回声

马骨。觅取勋章的人
丢弃了最后的骨头
杯子在喊——

酒滴中　可藏匿多少种
旌旗？你身后的石头
一声长啸　没有谁
能躲过这种种被杯子
不断剔除的春色

——八

他们以桃花为盏

斟春雨作醴　想让我
从腰间解下这
三尺风云

这风云能修改既定的
卷舒么？桃花灼灼
像骨头　逐渐
替换风云之火

要沉醉就醉成花梗上
俯仰之梦　三瓣的梦比
五瓣之梦多了半种
路径——要醉就
醉成绿火不忍
遗忘的灰烬

路。桃花重启的
酒意即是沧桑
斟酒的手划过石化的
千百种警惕

他们曾赞许你的
沉默　剑一般的沉默
让酒滴飞翔……

而桃花已从酒滴西侧
剜出你沉默后
仍坚持呼啸的影子

一一九

终于遇到了白鹇

展翅　整片山野呈现玉色
请留意这玉色隐约的
斑纹　至少蕴藏着五种春风
及千叠秋意

它们的啼声也呈玉色
两只白鹇　守着大量深绿的
晨昏　而此刻
它们正在你惊异的手中
静静盘旋

它们如何与你交换
那些入云的吟唱？一年前
白鹇压低过纸上的沧桑
一天前　白鹇看偏过
你无边的醉意

你携它们转过渐暗的
山势时　风
正绕开整个朝代

——终于向白鹇索要了
一束打结的星光

一二〇

他　在你的路上
寻找最为遥迢的目的

举着呐喊的杯盏
举着闪电之重　但他
仍举不起　你始终
鲜艳的习俗

酒滴淹没的道路
依旧是道路
酒：一种火势
嶙峋　另外的火势
持久且呼啸不绝

他为何沉醉？瑟缩的
往事　已变得

更为艰难

他为何只能沉醉?

你扔碎的杯影幻化为
三种天穹

曲径与星光连接宿命
曲折之梦　并不断拓展
你永不更改的
欣慰与璀璨

一二一

星象被花事覆盖
自西向南的风　抢在
花影前将刀剑之声
堆放于星与星的间隙里

沿途总有值得重复的
习以为常的离合

骨头离开灵魂
骨头被混合进破碎的
灵魂里　而骨头

也可以再度破碎

谁的骨头？
谁放弃了灵魂？
星象被骨头覆盖
什么时候　让星象
被灰色灵魂覆盖？

花朵。刀剑般的花朵
星光从刀刃上滑过
刀刃　从花香中滑过

你背负星象远行
从西向南　你甚至
必须逆风而行

你将进入星辰命定之痛

一二二

废弃的桥上　还僵卧着
千种漫长的道路

你熟悉的风并未到来
此刻的风声　仍起自远古

起于三种枯枝交错的
茫茫暮色

拍遍栏杆　也不见
守候你的星斗与云霓
桥静默　沧桑倦怠
大片虫鸣牵引弦月旋转

你如何被桥真正记住？

星星布置的梦境
有些恍惚　你
是梦境之子　是桥横越
天宇的最初期许

一个试图成为桥的人
开始整理
大河的流向

一二三

麒麟与混沌　是风可以
延续的几重悲喜？

麒麟之光熠然　你以狼毫

点染长歌不变的斑痕
你将爱憎从混沌中缓缓
移开　将一部分灵魂
筑入麒麟的身形

能承受的就让麒麟
一起承受　笙箫即将成为
火焰——难以承受的
请以混沌的方式交付给
最为悠久的火势

有人从某块黑色石头中
掘出九种苍穹

而水复写源自苍穹的
混沌　你在一个趔趄的字上
觑出麒麟鲜艳的伤痛

有人陪麒麟一起
重新没入石头

混沌与麒麟　请
继续这份古老的遮蔽

一二四

找到去夜郎的路了么？

纸上的夜郎现在是
血与骨肉间倒悬的夜郎

矗。戈矛在风中
碰撞　那被号角催促的人影
该如何选择正确的疼痛？

你从烈火出发
还是从雪与鼓声中出发？
挽救朝代的手渐渐
变黑　某些旌旗
曳动不断破碎的勇气

挽救苍生的手
渐渐消失

踏上去夜郎的路了吗？

刀刃上杂乱的黄昏
不忽略最陡峭的前途

风已将星光吹拂成
忽远忽近的夜郎

一二五

与万象相对
还是尽可能融入
一滴雨收敛的波涛？

雨的侧面是神额外的躯壳
布满裂纹的躯壳　蜷缩
——字句拼接的神
有与谁　共守的症结？

但神绝不简单疼痛
你与虫豸保持着一场雨
磅礴的距离
而那滴雨依旧坚硬
它让你携带灵肉之芒
转入必将潮湿的
巨型暗影

漠视与挚爱。期盼者
与你劈面相对——他
仍归属于你凿刻过的预言

落日如诉。你
随万象　向风靠近……

一二六

在落叶上活着　或者在
叶脉连接的风声上
活过

由彼及此：风将出发地
改写成归宿　歌谣
是廉价的　它不抵消你
摇晃的缄默

的确需要这种缄默
需要一些失效的痛及遗忘
歌谣追逐的落叶再次
掠过你的回望
风推动杯盏　推动
大卷倾斜的醉意

落叶收留了多少种家国？
鸦的家国与潜龙之影
混杂　宫围中交错的手

握着你无辜的夙愿

而龙的未来将
重复那片星形落叶

一二七

噫吁嚱……处处都是
蜀道　那高于青天的泥泞
沾裹镀金的欲及眺望

偏西的泥泞离故园最近
离入骨的雨意最近
你　从哪一种泥泞出发？
绕过朝南之云　你
不回首——父辈指点过的蜀道
有启示般盘旋的震惊

如果泥泞将星光挪到东面
旭日　会再向桑麻
贴近寸许　请别辜负那些
铁打的伤痛　陌生之路
仍坚持着比坎坷更为
显著的意图

噫吁嚱——北斗是一次
回望　他人的蜀道
遮没你的蜀道　你是
泥泞之子　是歧路与坦途
交汇的全部可能

另外的路
将在把盏惊呼者身侧
缓缓升起——

一二八

春色铺满旧殿　三月
还容得下一种鹧鸪

宫女是一月还是五月的
影子？她们让墙
长出杂色之叶　而鹧鸪
鸣叫　它们只属于
那些朝南的叶脉

你在鹧鸪与人影之间
活着　你是某类
值得一遍遍描红的善意——

鹧鸪曾隶属于多少春天？
你的春天　有些廉价
但它仍是鲜艳的
你的春天　让宫墙上的
风声　渐次漫漶

宫女被琥珀色花香遮掩
她们与鹧鸪　隔着
三场暮雨的距离

而你是最有可能消失的
雨声之一

一二九

还有超出杯盏的愤怒吗？
春天的肌肤成为
盗寇之旗　一个将朝代
扛在肩上的人无法
换回某种隐喻

你能换回什么？你与
怎样的春天有关？
泥与血。骨头
比较鲜艳　是否

能用这样的骨头做一面
曲折的旌旗?

一个朝代用多义的谎言
铸就——你被一些
染疾的字压扁　你即将陷入
大片错字泛紫的锋芒

还有慰藉杯盏的愤怒吗?
春天是一种遗忘　你
越过旌旗　让易腐的朝代
倾斜　并迅速开裂

一三〇

论道者为草芥立传
为污泥中碌碌的仙人
寻找出入的路径

浊世有道。甲虫有
必须炫目之道　凤凰
在风中起落　凤凰有让
云承继翅翼之道

稗与光芒:圣贤被犬类

牵引　那双将晨昏
挪进往事的手
有些抖颤

而一部分晨昏正
成为废墟　镀金的废墟
激荡丝绸状风声
——论道者　保持着
被多次废弃的甘苦

你还收集过哪些值得
谈论的阴影？

暗红的酒意让大卷山河
麻木——论道者消失
只有他们　能引领你
试图咏唱的麻木

一三一

醉卧长街
已是什么时候的事了？
烈日多了无数翅膀
而酒　依次浸泡过大串
酸腐的烈日

为何醉卧？皇帝
在花萼边缘　帝国仍是
蛛网上晃动的季候么？

重叠的花萼
也是重要的花萼
而蛛网　并非次要
这丝织的念头不会比
社稷更为次要

谁醉卧？
蛛网昭示的远
可以省略。鼾声中
开始隐现大剂量的皇上
峨冠压碎的风
即将　变得灰暗

谁让历史
以蛛网倾斜的方式
醉去？

一三二

在一滴露水中构筑

旷古的潮汐

墨写的岸　框定
鱼龙共有之梦　殿堂上
移动的骨肉也需添加
浓墨嶙峋的波澜
有人已忘记了波澜而你
必须牢记

必须时刻牢记。绢帛上的鱼
属于上一茬晨昏　龙影
铺满石柱　那些腾跃之姿
撑起过幽暗的史册

露水已超出史册之外
你搁在桑麻根部的露水
映照整座家园
大地自分岔的水渍上
浮现　大地属于
龙与鱼横斜的艰难

请保存好这一滴
艰难的露水　它黝黑的
涛声　将再次替换
史册锈蚀的勇气

一三三

谁进入
绿蝶搅动的波纹？

从多重幻影里
醒来——涛声掂试的
痛　就这样
回应着你与我们
共同的命运

谁经过了被反复
修改的梦境？石砌的
梦境　比歌谣更为繁复
谁背对的伤害也可能
成为我或者你
暌违千载的伤害？

蝶　持续绕开
金色誓言

整片天穹抵不住
蝶翅维系之美
你将大群燃烧的字掰碎

你想让字迹重组的
甘苦　拱曲如故

蝶影绚烂——

一种臆想及回望
扩展着　生存必将
承受的奇遇

一三四

赊借三尺雨声　然后再将
雨意研制成连接历史的
艰辛寄寓

雨：被抖动的史册如何
远离干裂的沙子？雨
忆起天穹之远　雨的追缅
曾被歧途以及苦痛
反反复复延续

你在什么时候背弃了雨滴
倾诉的方向？雨在茅檐之外
翔舞　然后淹没虚渺而
不懈回荡的足迹

雨让所有骨肉构建的梦境
变得辽阔　雨与谁命定的爱憎
有关？你调试的雨声仍
缠绕于旌幡之上　请
别错过这启迪整个
世纪的雨

雨　还能复制谁
固守的苍茫？你仍欠浩浩
青史三尺雨幕　欠我和
因你而生的雨及夙愿
种种无端的默许

一三五

酒杯只是一种借口

酒放弃的历史依旧刻在
骨与肉间　酒杯
焦灼　像一次
荣耀难耐的守候

你让酒杯从浪潮上卷过
你是酒滴默念的艰难

你想为一己之路
恢复无际延伸的理由

酒杯盛装过大量
日月　我从你修葺的
黄昏走过　我
想回到你日月边缘
浩瀚的急流

酒制止过谁悠远的
祝愿？杯沿之上
风雨　仍将
凛然如旧

一盏酒从火焰中醒来
或许　酒的回声
再也不会生锈……

一三六

桥是虚拟的但你
仍无声地站在那桥上

石头模仿了原木的长势
石头将草蔓形的岸

攥为一体——桥是颤抖的
而你依然是石头上
最初的印痕

大地被古老的念头改变
冬末的大地　放弃了
各式花香　你还能
再放弃些什么?

月亮与桥
让某种方向消失

请将石缝中蔓延的暗
换成鸡啼　嘈杂的黎明
比一座拱曲的桥
更为沉重——多种祖先
见证的桥此刻被
灰色晨光淹没

你只能将全部呓语
搭建在石桥上

可能你是虚拟的
而桥正向下一种黎明
靠近……

一三七

唏嘘里　那些人影
总风一般卷过

酒意充溢的爱与恨
可以冶炼成多少奇迹？
人影飞翔　风携带
旭日　再次融入
我们的承诺

一盏酒。你的慨叹
锋利似火——你的怀念
正代替酒意坠落

唏嘘能一遍又一遍
重叠生与期盼的疑问么？
你臆想的苍茫
曾被一次次省略

风必须记住你甘苦间
嗤嗤作响之光
风的沉默依旧啊
依旧那么执着

唏嘘之前的那片暮色
被镶上金边　暮色
可能会继续我和你理当
固守的嘱托

一三八

你倦怠的腿仍在敲击
不断翱翔的大地　当你
走了又走　你会属于某些
值得倦怠的理由——

这是星与弦月照耀的
大地　是先辈用葳蕤草木
粘贴的大地　是你
在倦怠之后依旧
守护的大地

必须守护。用灵魂守护的人
让水土蕴藏的赤诚
历万险而弥坚　你也曾将
艰辛锻造成无边挚爱

大地还能拥有怎样坎坷的

道路？你从专属的晨昏
走过　你还修饰着
谁的晨昏？凌乱之路
有可能持久印证
你和我们悠远的怀念

在你倦怠的腿侧　某种
远方　酒意般奔涌
然后迅速抵达云与雾
铺陈的目的

一三九

葫芦进入到长方形流放程序
从新藤到旧雨　青铜的
葫芦　有无法掩饰的
斑斑锈迹

给晃荡的季候几种枯萎的
理由？而季候只能枯萎
葫芦上的昼夜
只能坚持这份与寄寓
无关的枯萎

谁将代表葫芦变异的

各式身影？颠沛的生涯更改
源自刀与笔的孤傲
当一些风雨消失　你
仰望的旭日　再次
超越藤蔓倒悬的艰难

而葫芦维系的山河
依旧起伏着

旭日险峻。酒……
陌生的天宇　卷动——
葫芦还能提供多少
无效的警惕？

一四〇

击鼓者渐渐老去　他
随月亮前行至深冬
他必须为谁　准备一场
浩瀚之雪？

鼓可以被冻结在风中
他　将鼓声划分为
大小不一的安慰

他还需要怎样的安慰？鼓
山河激荡　那么多鼓声
压斜过　淋漓的鲜血

从朝堂开始的鼓声
突然变得锋利
击鼓者让诺言旋转　他
熟知旌旗升降的方式

雪仍将替换某种期待
他如何再次出现在
你的背影之上？鼓声
皲裂　你必须成为那个
逆着鼙鼓之影
归来的歌者

你必须成为最后的鼓声。

一四一

预言的转译者属于
云霓之前潮湿的星象
他　拨开泛化的爱憎与酒
在预言里找寻多种时代
并置的疑虑

从稗草时代到三朵
桃花时代　一个人穿越的生死
印证风的厚度　他几乎是
预言可能囊括的一切
他是经得起屡次风化的痛
是一首长歌隐忍的
所有转折

谁错用了他的遗忘或者唐代？
转译者试图削减的苍茫
仍与大量预言有关
宫女身形之外　天色
依然丰腴如初　谁
无法泅渡这片钙化的天色？

哪一种预言仍将被留在
绢帛之上？他挥动
长剑　在你漫长的晨光中
立定——看
剑指示出多种方向
他　已站立了这么久

从雷霆时代退回到
鹏与鲲的时代　路途并不是

一次性的　他连接着
你的时代　他连接着
他自己固有的时代

而值得转译的预言
自成一个时代

一四二

歌谣之子　如何
于火焰中再度远去?

土粒上　有无数种
陌生的故园　你
是一去不返的人　你让
山墙外的竹子开出
各种绚烂之花

谣曲源自血脉。一条江
以你的苦乐划分出
上中下游　江有时是
浑浊的　江无法
越过你激荡的命运

你能否真正看清那些

疾风中的火焰？你也是
火焰之子　冶炼剑气的火焰
轻于丹炉上微紫的火焰
一种手势　代替了
最初的所有火焰

谣曲泛黄
那杯盏中燃烧的一切
也正缓缓远去

一四三

必须让月亮也沦入背叛么？
初春　花事搭建的夜
有些泛白　你用骨头支撑的
诗意依旧只属于某些
潮湿的灰烬

故交是石头的铭文还是
火势？以酒相酬的人为何
也能利刃相向？
生与死　功名以及诅咒
为何　竟押上了
同一个仄韵？

有人错认了那趔趄的
执旗者——他闭目而行
将大队灵魂领至剑戟之巅
而你击打的鼓　已在
第一声呐喊响起前
哧然破裂

真需要月亮成为痛与悔的
见证么？你此刻从
剑鞘里抠出的
那抹光亮　已只能
擦拭小半面
不断蜷缩的旌旗……

一四四

花与墙。那时偎依身侧的
赤子现在何处？荆棘
从身影内铺过去
那时为一只黑蜂惊呼的
赤子　已是一页
动荡的天气

我在某块石头上窥见
你的身影　像一阕长歌

其上粘满稠密的尘灰
那些将你身影扔过
天穹的手　为何又一次
更换了黧黑的天穹？

花与石砌的记忆。遗弃的
爱恨再次被堆放于旧墙
一角　赤子是花事及
雨的一部分　是酒盏
坠地时惊醒的晨曦

而我与你交换过太多
遗忘　我是你的
一部分：晦暗或者
弯曲的部分　用变质旌幡
抵押祝愿的那一部分
——但我拒绝成为
花朵背面的你

我仍想在被苍茫浸泡的
累累字痕中　剜出你
最骄傲的那些伤势

一四五

风于蝉蜕之中浮现——
欲改换天地　请从改变
蝉蜕颤抖的方位开始

有人从阴云里走来
高擎群星之芒　他传达
某种神祇的意愿：风
是陈旧的　但风仍可以
印证最新出错的一切

——蝉的诵唱曾堆满
赤日与风的圣殿
这时代　让歌吟过剩
让歌者无法绕过
灰烬与痛

而歌者已无须再
绕过什么　长风起于
眺望　起于朋辈
虚构的手势

蝉蜕燃烧——

风　又该怎样复述
蝉声堆砌的预感？

一四六

暮霭中　有多少
凌乱的归途？

或许　没有一条路
是必经的　被路放弃的目的
如何成为真正的目的？你
是疑虑与质询的综合体
你让落叶重复虫豸
与星辰狭窄之路

此刻的霭与昔日的
哪种企盼有关？你已
记不清那些源于歧途的
安慰　你是预言和
酒监测的远方
你必须被路再次领走
并再次变得模糊

鸦和苍穹成为召唤
请试着回答　请从鸦翎上

掬取一角焦灼的天堂
并说出高于暮色的
全部省悟……

一四七

终于　遇到了那座
四处寻我的山

它走过了多少年岁？
一座山的命运也是
日月的命运　山势被
还原成手势　山
将多余的道路搁在
谁的酒滴间？山预示过
太多险峻的醉意

我质疑过哪些
意料之外的山色？
我曾与某座山同赴风霜
山规划出各种路线
并确定着　我们
共同的行程

而我不知道一座山

如何开始了对我的寻找
从古旧的黎明出发
山的脚步　有些沉重
但这巍峨之山　总有修订
所有方向的勇气

终于成了那座
四处寻我的山　它的
呼唤　就是我无从
更改的缄默——

一四八

你有我们难以趋避的日月

但总有一种日月是
彼此共同的　菱形太阳
自腐草丛中跃出　你
将肋骨上的阴影抖落于
漫漫歌诗一侧——

请以下弦之月为既往的朝代
佐证　皇上在落叶深处
在脂粉堆积的夕光中
那些金质欲念　正陷入

鸦影参差的症结

你如何忽视我们的仰望？
谁已不再需要仰望？
太阳想绕过的弦月仍
滞留天边　这卷刃的光芒
仍沿既定的方向延续

此刻　你出现在我们
血液边缘　一种警觉随日月
旋转　而你必将成为
我们重新设定的
各种日月

一四九

花落　而江南能挽留
更多绿叶

必须比烟雨更为逍遥　花
从你的星宿上划过　花曾改变
各种单独的花期——

那些守候的人　　举着
少许虫蛀的沉默

——如果不是江南

而只是一丛

倾诉之竹

你藏身于

布谷鸟带露的鸣啼中

你　不只是烟雨隐约的

途径　还是让飞翔者醒着吧

你从某些陪醉的

史册上　辨认另一种

笋状意愿……

花落：大块山河被移入

回望　分发传说的人

走上青铜的道路

他会在哪种烟雨中

再次遇见

不断消失的你？

一五〇

雷。二月之夜突然出现裂纹

那向云索取天穹的歌者

已将身侧的湖　掖进
第一种浅灰色守候

初春与谁艰辛的爱憎平行？
当细密草叶组合成浩浩
惊雷　你只能置身于
这陌生之地　你必须奉献
可以再次入梦的骨殖

旧壁上　字迹涌动
你被谁从雨声中扔出？

雷霆成为新式客栈
它开启漆黑的门　并以
布满木纹的雨换取
各种暗红警示

一块石头　在星辰
与树叶间滑动

雷：吟唱的人不敢随意
老去　他成为典籍的
一部分　他还将
说出雷霆之外的
多少震惊？

一五一

灰脸的僧被安装在
经卷背面

你讥讽过他粗黑的木鱼
山　是一座寺庙
而被鸟鸣挤开的山
是另外的寺庙

你从经卷边缘走过
僧　为何从不留心你的
脚印？他在木鱼上
找到过多少依次
僵化的波澜？

木质的鱼影。有人
与倒退的山谈论风霜
鸟飞翔　逾越
风霜的回响

你与僧　比肩而立
两种黄昏互换
骨相　而你保留着他

颤抖的骨头

听　木鱼吱嘎
游走在渐退渐远的
苍茫里……

一五二

入夜　蜀的骨头在痛
缠绕姓氏的风湿症
始终鲜艳着　星光吱呀
蜀的道路在疼痛

你在雨的尽头转入
漫漫风声　还可以把什么
当作久别的家园？
风中　闪过五种鸟迹
风只容忍一种
源于鸟迹的疼痛

已换过了多少疼痛的方式
春的山河被西风覆盖
那为雪粒染色的人
代表了山与河
平行的疼痛

突然忆起故园桑树上
奔跑的太阳　　那是
从你发髻上升起的太阳
沾着露水和酒的太阳
在疼痛……

蜀一般的光芒如何
延续这疼痛？

一五三

又出现了那个
将月光打制成山河的人

风是一把钥匙
风打开的月影被
安放在飞翔的字句中
听　　锤与砧的交响
让山河成为风俗

那人熟知月的硬度及
韧性　　微黄的月色如何
叠上苍绿之月？
那人将某种环形月光

交到孩童和一个
喜极而泣的神手里

四散的月晕给过山河
多少种方向？那人
有辽阔的怀念　他开始
打制一片波澜礼赞
山脉的启示

赤鸟从雨滴中飞过

——弦月安详
打制山河的人也为你
锻造酒意涌动的
最初秩序

一五四

巨崖上的鸦　想说出
另一种倾圮的时代

是不是你的时代？

你必须变得沉默
岩石撑起的文字冒出火星

你　即将适应各种
灰暗的沉默

而时代隐藏了太多谬误
从足迹中　你辨认漫漶的
家园　的确已没有什么
能比家园更为陌生了
——你曾赞美过哪一种
与生俱来的沉默？

巨崖躲闪着锋利的旭日
它沉溺在往事中
它是你从风中拾回的
某段骨头

或许只有鸦无法沉默

这是不是
你不断忘却的时代？

鸦撼动巨崖　然后
将你燃烧的背影
移进　最新的风雨……

一五五

风暴来袭。但你已
习惯了这桑麻状风暴

那时风暴像佝偻
或飞奔的石头　它们
相互砥砺　然后将道路
压实在字与词喧腾的
草木之间

谁浪费了大量春色？

一个命定的咏唱者无法
颠覆祖传的夙愿
风暴怡然　仿佛你和
道路　共有的习俗

三月的风又吹过了你和
酒意四溅的光芒　酒
想绽放另一种金黄之花
所以酒　扔掉了
你试图坚守的怀念

风暴被按进典籍左侧

这承诺般的风暴
让你莽阔的痛及遐想
——展开

你取下风暴之魂
然后　进入到
风暴至高而旖旎的
凛凛回望——

一五六

墨把自己摆进风中
它能否把自己也
摆进雨里？

狂乱的雨让黎明变窄
而你曾凭一块
呐喊的墨　活着

与风雨无关的墨创制出
大幅风雨　你
有被墨错描的爱憎
墨的沉默　淹没过你

锋利的沉默——

墨渐渐变薄　直到
变成一块冰或者
火焰

墨把自己摆进血里
墨需要一些热血
以及泪痕

风又一次从墨块中
取出蓝色影子　只有你
能给坚持疼痛的墨
一种质疑的勇气

一五七

叶飞旋。被遮蔽多年的
银河重新浮现　你
在为阴影染色的人头顶
挂上　第一种星辰

你悬挂星辰的方式依旧
庄重　像高举一束
固化的火　你将星辰之光

调至最合适的刻度　你
在为那些阴影染色的人手上
觑见了　略早于
落叶的迟疑

让一种星光回归初始的
守候　是否就能
再次确定苍穹的臆想？
你拿起又放下的
阴影　焕发出多种
未测之色

银河业已生锈
此刻　银河被一枚落叶
引向高处——

请以那粒
意料之外的星　填补
银河酸软的往昔

一五八

谁曾锦衣潜行？戴月的
魂灵　呈现多边形愧
疚——那被风拍打的骨头

已无法送出鲜艳回声

悠长之夜如某类
救赎：星光粘贴的苍茫
带动过天宇不息的
吁求与痴迷

路被星盏忽略——

路如何被你倦怠的
往事忽略？路试图
虚无化　然后接近你
守护多年的企盼

有人从典籍里翻出
意想不到的坎坷　你的
足迹　只能印证少量未来
与即将闪现的痛……

这唯一正确的夜行
让星与月构建起
同向的光芒

你的路将随
偏绿的风向延续

一五九

柏树上的月亮　允许
被再次虚构——

与谁血脉相连的柏
在根须间藏起过不少
月亮　而这轮月亮
是单独的　它有比春天
更为坚固的沉默

总有人忆起坟茔及
碑石上的雨迹　这轮月亮
瓦蓝而远　它在你即将
遗忘时提示你遗忘的
所有艰难

柏树让三月偏向于
风左侧　柏树也可以
被多次虚构　它承载的
月光　依旧锋利

你曾将柏树移入歪斜的
字符中　现在该移动

月亮了——看　月影
一闪　便卷过了
柏树之巅

一六〇

你说起的春夜之饮
是否仍有桃枝反复倾斜?

羽觞上　刻满了
宴饮者的身影　桃花
的确存在过　用露水和
太阳铸造的桃花也是
你划定春天的最初
理由　桃瓣上
有微醺的大量天色

那时兄弟还是花影中的
某段光阴　是酒滴上
浑圆的星空　是星空搁于
风之侧翼的辙痕

杯子让星光找到了
回旋的理由
兄弟与即将进入的梦境

有关　有人将梦境
悬于风中　他
在找可用杯盏计量的
种种警觉

桃花开始飘散——

谁也无法让这
春天之酒　放弃所有
塑造星空的努力

一六一

患得。再选个合适的时代
患病。患失。患
春风上被取下的最初
折痕……

患王朝艳丽的隐疾
那些陪着皇上哗笑的人
石头一样活着　他们
用欲望填满了帝国
三千余种华美的空洞

患悲欢不均：柳树的悲欢

被蝼蚁的悲欢啮噬
而蝼蚁冻结在祖先的
牌位上　你看见了
被调换的各种悲欢然后又
看着它们一一消失

患霜的呓语症。明月
是一次救赎　但与你骨架中
殷红的痛无关　如何让
霜与月占据最后的年岁？
皇上还在哗笑　谁
是你脊梁上徐徐滑动的
那抹冷汗？

患风云的虚渺与失忆
家国在风云中　举剑的手
已只能频频擎举杯盏

患病：天地有羸弱的爱
与憎恶　那渴望消除
手势的人　为何仍
只能固守这所有
困乏的祝福？

一六二

比泥泞更神圣的是你
挂在腰际的欲念：

让龙从蛇蜕中逃脱
让风披上铠甲　让试图
幸福的人　举着
泥泞骄傲不已的光焰

让星星连接的火成为诺言
让星光长出浅芽或者
愧怍之爱……

——让火比灰烬
略为低矮

火是你疗救骨骼的呐喊
让火衰老　一如
龙鳞上跃动的天色

让风给火以最新的警示
火从风的灵肉上
揭下过诺言的习惯性

疑虑　火势鲜艳
代表着你与哪些人
最坚定的意愿？

让泥泞改变昼夜的深度

你在泥泞之上
飞翔

让星空承担
泥泞黏稠的奇迹

一六三

葵叶上　是谁不忍
转侧的故乡？

瘦马。三千里外的烟尘
压斜张望　旧篱当风
父辈身形里印着风与霜色
延展的守候

母亲的葵叶也是
家山雾岚所涌动的慰藉么？
母亲让衰老呈现

更多弧度　母亲为何
衰老？当你转身
挥别家园　母亲便有了
深渊般颤动的夜

马已更换过多少道路？
从霜到桃的花事
然后再抵达回荡的
累累蝉声　你如何保存
从篱影上认真刮下的
那一份春意？

葵叶由绿转黄……

再从腋下的风里
摩挲一下灼热的家园吧
那些枯裂的泪痕
是你必须坚持回溯
与复写的忆念

一六四

他被酒香绊了一跤

为什么会跌进那丰腴而美的

身形？当身形梦境般晃动
他匆匆爬起　又再
跌了一跤……

王朝在他小脚趾上
也跌了一跌　这可算是
荣耀还是屈辱？
他在酸痛的足音里
找寻可能存在的启示

他与古老的酒香
共同构成生存之远
旌旗怯懦　如何让旌旗
开始趔趄及犹豫？

他　在跌倒前说出
酒与天穹的隐秘

他随风进入
木质高跷上的史册
并从我们面前疾行而过

谁将让他
在下一刻遇见
喊醒那面旌旗的你——

一六五

作为庆祝者　你
出现在石头上

庆祝什么？不能庆祝什么？
你和石头延续着
谁指定的选择？

那些脸孔在颂歌中
浮动　而你举着一根
赤裸的旗杆
举着一朵揪心的云

石头的欢呼一如既往
你应当不断向石头学习
向旗杆的第一种痛觉学习
——石头与旗杆的敌对性
及纠缠一如既往

你必须庆祝　为所有
干裂着的渴望　为刀刃上
翻覆的荣辱及黑色
幻影　你必须

习惯庆祝

你　如何再次
消失在庆祝传说的
石头之上？

一六六

我始终盯着杯子
盯着酒　盯着灯影中
你越来越凛冽的脸

风已将灯替换成哪一种
代价？我始终盯着你搁在
灯捻上的那叠骨头
以及质问

说吧　时代是某种借口
脸孔上浮动的时代
为何只能是一种借口？

我始终盯着逐渐矮下去的
灯光　盯着比异乡
更近的沉默　盯着雨可能
交付的最新歧路

杯子也在诉说。爱与痛
持续最为冗长的循环
一把呼啸的琴
将自己扼碎在蓝色
醉意中　我始终
盯着你指纹间
杂乱的悲喜

酒代替过怎样的山河？
一匹马　隐入
灯火底部　我始终
盯着你额头上徐徐
降下的那道鞭影……

一六七

可以再说说这瑰丽的艰难么？
路。混乱的路。燃烧
或熄灭的路……那么多
用灰烬置换的路

——死亡与血之路。请说！
嘶哑的跋涉者落在大风
背后　他如何被路

一遍遍诅咒？
被路一遍遍追逐？

那么多路
必须以灰烬换回

如何辨认他错失的
足迹？你的脚步接近
千种怀念　你的路有着
最为悠远的曲折

这样的艰难仿佛启示
——他让泥泞醒着
系满红色流苏的泥泞依旧
醒着啊　依旧逶迤如故

希望之路　叠加上
为未来疼痛的路

梦呓铺设的路从
奇幻的方向
越过了　你与我们
命定的嘱托

一六八

草木之光从四月及骨肉里
溅出　这黏着旭日的光
是你无数次咏叹过的
哪一种怀念？

草木自潮湿的黎明
绕道而来　那些欣慰
映照于山水间
我想让最陌生的草
撑开　蛛网状
梦想及欢乐

那弯曲过多年的树
一遍遍叫着枝条之下
各类青草的名字
这些青草早就可以组合成
战栗的家园了
而那棵树　已成了
颂歌般悠扬的家园

草与木。你该牢记的誓言
被谁安置到根须中？你

是家园及风的混合物
你的光芒　让草木
适应着亘古之痛

一六九

让春天跃过逝者偏南的问候
这一片山色　比烟尘
迟缓　你曾以怎样的沉默
修改生死交织的轨迹？

有人错过了诺言之雨
——脊梁上的雨　复述着
与你相似的梦或遗忘

死神试戴过多少种面具？
一滴雨的死亡抄袭
石头的死亡　而蚁群搬动的
山河代表着风的死亡

你再次为风辟出
合适的路线　四月
从肩胛上滑落　风让雨
经历的坎坷更为华丽

逝者的侧影反向
移动着

四月正——归还
你最早的歌哭

一七〇

在几案上
搁半幅枯旧山河

蜀时的月还照耀过什么？
一个扛着道路前行的人
沿江而下　然后
在潮汛密布的昼夜中
点数各类酒意

岸。楼台。辞别者一茬茬
更替　然后自江汉
取道齐鲁　再西向入秦
在长安的城阙上挂
三叠欸乃　然后倚斜
汗青　选定一己
醺然的方式

然后又是大摞陌生的山河
比剑刃边缘的霜色璀璨
然后　听见神祇在夤夜深处
哭出声来　那么多
马蹄　敲碎折扇形季候

然后是病句般反复晃动的
天色　蒙在玩偶上的
天色如何成为替换
旗帜的天色？

在几案上挂半轮
冰冻的旭日吧
山河转暗　可能与蜀
有关的旭日　即将
漫过你试图回溯的山势

一七一

朔风与许诺无关　风向
渐乱　有人从风里
捻出几块黝黑的碎玉

是路途磕伤了风还是风
让旅程变暗？的确

有某些记忆来自玉石
后侧——你系向
皇恩的玉　该如何迈过
粪土深处的玉？

风被印满巨玺之痕
左肋上的疤是一个年号
而右耳外的山色
是另一种年号　风
想在途经新的年号前卸下
所有沉重的雪

但总有一部分雪活在
玉的暗影中

风催促的雪并不比风迟缓
雪　将准时抵达
你与谁共同的沉默？

一七二

面前有三块沼泽地　我一块
在翅膀上描述晨曦的乌鸦一块
请从其中选择你唯一的
那块——

可能是狭窄的。像某种淤积的
善恶　它以多出来的方位
带走星群尖锐的灰烬

也可能比你的醉意深长
含混的言说　从杯沿跌落
自成一杯鲜艳的沉溺

鸦想与你交换什么？
尾椎指示的沼泽援引风的
光芒　你数清了
鸦晃动的影子　鸦
正忽略着背风而立的你

三块沼泽地：日月被
嵌入灰黑的泥垢中　你被嵌入
泥垢说出的第五种风声

鸦　占据了
你及沼泽预留的裂缝

我能够与你交换的
已只是一种遗忘

一七三

恕我不能省略醉意……

这是一盏衰老之酒　微黄
掺杂着整个黎明辽阔的可能
而黑暗仍蜷缩于杯子底部
这硌手的暗　也隐含着
另外一种沉醉——

恕我不愿低估醉意
半枯之酒　浸泡过不断
变幻的星群　你
曾陪哪一朵喧嚷的花醉去？

胭脂状醉意　可换回
某类打折的朝代

醺然成为一种伦理
或者　成为叩击灵肉的
最初法度——
恕我不敢辜负醉意

圣贤们自虫蛀的字迹中

醒来　他们是酒筋骨毕现的
梦以及回望　他们给了酒
更多身影　他们的悲欢
比酒更为曲折

恕我不曾浪费醉意。

一七四

土木结构的夜
布置出各种持续的预见性
你　该如何重新适应
星空维系的艰难?

星光由预言筑成
或许只有你的影子是多余的
它晃动　却与土粒猛烈
摔打的星空无关

那试图剔除遍体黄锈的星
曾还给你多少风雨?
社稷烙在泛黑的星盏上
你　已只能成为
风雨最为激荡的部分

你推迟过多少夜色？
有鸟飞过　它会将你引向
通往往昔的道路

如果我仍站在那个
蓝色路口　你遗弃的星空
会不会再次陷入
绢帛难以卷裹的警示？

一七五

草木的方向依旧是
家园的方向　但为何
总与你战栗的方向相反？

还有鸟与星辰的方向
血与骨头的方向
——你所能拥有的是一个
何其遥远的家园

水从五十多年前的石隙中
流来　它将在哪个时辰
追上你的脚步？而你
是倦怠的　像一棵始终
挪动自我的树

流水还能追逐什么？利禄
与酒　一堆字句翻越
整个时代——流水
缓缓打开剑与草木
固守的方向

你是不断创造家园的人
那么多路　猬集成
呼啸的血脉　你
决定着季节应当遵循的
多种趋势

能不能给家园
一个超越宿命的方向？

一七六

那匹马正在成为失忆者。

谁的风霜？什么是风霜？
山巅上　能否出现
四种长方形落日？

歧路或坦途都有可能

替换鞍形比喻

什么是长鞭侧面的山色？
鞭子脱下冗长的影子
它　缓缓挥动
像催促千种骨头的宿命

马为谁驮回过火焰？
四月比十月正确
四月　用誓词折叠出
风一般旋转的花束

什么被再次叫作花束？
红与灰黑：什么是比红花
更为坚固的灰黑？

马从你的张望里归来
前蹄按错的山河
让右后腿战栗

什么是可以反复摁进
纸页的山河？

河　发出喧响
你将马的历史推迟至

翌日　你如何省略
那匹马漫长的记忆？

一七七

一滴酒在飞翔前
接近了谁绮丽的疼痛？

你只能疼痛。挥舞云彩的人
否定过咿呀苍天——
你　必须坚持住这
比梦想更弯曲的疼痛

你从风坚韧的酒意中返回
那些曾为你骄傲的风
始终萦绕不息
一滴酒　让风的方向
花事般嫣红

酒　将花朵赠予
往昔——当你的往昔
被悬挂在凤凰的翅翼上
谁曾经凌乱的祝愿
依旧那么凝重？

谣曲从酒意中绕开
我们应当重新遇到你及
命运之远——这源自
生涯与爱的谣曲
仍将在不朽的光焰里
再次疼痛

一七八

草叶分配过上千种日月

霉变的太阳让弦月
拥有草叶最初的遐想
草　献出了那么多根子
而叶只能保留
线一般颤抖的回忆

多年前　你将一己之花
掷向江涛　帆的琐事
与罡风息息相关
你让花反复构筑的果实
汇入漫漫潮汐

我还能将草的幸福
分享给叶与你么？

酒的呼唤比昼夜迢遥
酒啊——你让叶影上的天穹
越发旖旎

日月随灵肉循环……

刀一般的旭日
与必须成为粪土的月色
相互砥砺

看　草叶留存的太阳
又用足迹　抬升了
众多虚拟之月

一七九

剑舞。老胳膊嗡嗡有声
谁劈开过　用诔辞
堆砌的山河？

那时狂啸的不只这一把锈剑
剑　是太阳最生涩的
眺望　剑昂然而起
老胳膊　渐渐有力

楼头　风雨为谁紧锁

巨幅暮色？剑　也曾是

闲置的火焰　手舞剑意的人

被命定的光芒刺伤

剑　如何记住

那些疵痕遍布的字句？

暮色为剑预留了多种

归途：在血中呼喊的剑

也将在泪与星光中

默然肃立

老胳膊属于谁的未来？

剑　从锈迹中

拂拭出比尘灰略为

空旷的太阳及你……

一八〇

在山中遇见神　在市街上

遇见神蜷曲的未来

在店铺里遇见

用刀雕刻神祇的祖先

未来是一种怎样的传说？

让往事旋转的未来

是你还是神必须

背弃的寄寓？

在祖先的遗忘中遇见

神示与羞怯

蜕下黑躯壳的神

即将遭遇自主的孤寂

神是你刻在絮语上的

多种暗记么？神可能改变过

骨架上横斜的

天色　神不断涉及你

及山水交错的企盼

丽日升。月轮在风后侧

换一种方式旋舞

你抟制多年的山势

开始陈旧　如果

神赊欠的苍茫再度颤动

你　将成为

谁陡峭的爱憎？

一八一

他们诅咒过那个骑驴的人
一开始　他们用酒
诅咒　后来用利刃诅咒

他在驴背上放置冰凉落日
当风成为驴的肋骨
他　将风敲击成
扇形苦痛

驴站在歌咏的哪一种
倒影上？驴与人的道路出现
交错　驴一鸣
天穹便倏然侧斜

他们确认过驴的未来
但这未来与你无关
——驴是决定未来的
哪一种方向？
他们在驴的脊梁上
虚构出大量失效的手势

驴背上颠簸的人影

让落日困倦

驴随你进入到风烟深处

他们　在继续诅咒
那骑驴疾行的人

一八二

对岸有些空寂　鸟声
是红色的　鸟声可以堵住
一小片黎明——

月　依然高悬
你还将滞留在上一种
朝代中　你斜睨
江流　以一己之痛
划定另外的朝代

石头的父老。桨。
引导风进入花影的酒……
总有什么被不断忘记着
——岸　带走了
淤积多年的沙粒

有人用鱼骨搭建即将
起伏之岸　此刻　大江像
一堆被淬火的文字
翻涌——而岸
是一个字发黑的躯壳

月业已消失
黎明拐向船角　你
从鸟声中　辨认
整个尘世晃动的可能

一八三

夜郎在前　还是在后
其实并不重要

起皱的风依旧缠着那绺
失败的旌旗
你是将梦境全数
交付给风的人
你熟知梦境被扭伤的
各种暗处

跋涉也可能毫无意义
从波澜到风　从比姓氏

略窄的徽章到愧怍
你选择在路的背阴处
祭奠旭日……

夜郎刻骨　还是入心
或许也不重要

承诺般泛黄的夜郎
被葵叶与酒遮住　一个
咿呀的孩童挥一挥手
就翻开了谁
履迹上颠倒的夜郎?

大风带来
最为艰险的旭日

夜郎碾压荣耀
还是耻辱　已经
并不重要——

一八四

江入大荒——
非凡之雾起于一种惊疑
你携带的江　不会在

上一个时刻抛下你

但它抛下了沿途的山势
雨　以及旧帆之痛
有时　你超出江的缄默
像一块彤红的石头

你按下过大江奔涌的爱恨
交替的帆影延长着
你的眺望　你搬动自己的未来
却常常与骨肉中的天色
擦肩而过

呼啸还是遗忘?
多年前的江　再次劈空
而至　它抓紧纸页上
最空蒙的远
然后　抵达你
逐渐衰老的祝愿

大荒是谁无法修改的慰藉?

江流浩荡　正缓缓
朝下一种时辰
流去……

一八五

弦月的安陆　再次
以起伏千年的白兆山色
迎你——

以一个女子妩媚的眼神
以及初春之想
——她　在门楣左侧
迎迓你仓促的喜悦

从那一刻起　你让
星月之光至少延续了十年
抑或若干年　你会遇到
你蹦跳的儿子和向你
索要风声的女儿
在骨头上　你刻下
大片源于楚辞的祈愿

十年能让山色再多出些什么?
你的山色让妻儿的山色
更为悠长——竹篱连接
竹篱之外的遐思　但
隔不开这弦月必须铭记的

山色……

雾在星群之间弋动
弦月捋捋碧叶　又回到了
风声迷离前微颤的宿命

你找到的家园
让月色
在无边蛙声中弥漫

那么多年过去了
刻满家园的所有呓语
是史册理当闪耀的祝福

也是史册不敢忽略的
千种感激

一八六

落日与酒　仍将让你
以风的方式伫立

巨大的黄昏成为
一种责任　你从孩童
古老的疑问中走来

你将山色搁进
无垠的杯里

醉能代表怎样的回望？
多年前的落日
一如面前这枚落日
酒意陈旧　它仍在更改
难以更改的道路

孩童还有什么疑问？
他们决定着歌谣的方向
这草木与风的孩童
也必将成为
土与落日的孩童

你以杯盏
测试黄昏的深度

风中之星有些模糊
你　是否
仍只能坚持这被轻慢的
所有酒意？

一八七

的确曾绝望过……醉
有醉的绝望　醒
有比醒更醒目的绝望

石头内部　藏满虎一般的
文字。石头在讥讽什么？
一条路被石头绊倒在
天穹中　石头
认得出那些陪你
绝望的文字

是否还能把风卸在
石头内部？你匆匆捡拾的
文字　必须破碎……

的确在不懈绝望着

曾与那么多风霜
共同砥砺这不朽的山河
你添置于山河之上的
每一笔画　都是一种勇气

但的确在持久的
绝望着　风记得你
倾斜的步伐
你让一块空旷的石头
涌出泪水　你正在
超越千种镀金的绝望

一八八

或许　我们还可以交换
三种神仙之梦：
酒肉神仙　剑神仙
草木女人神仙

女人在风里立定　她
认得你剑上的血斑她捧着
所有与你有关的天色

她将草木之声搓捏成
半打酒意——大唐已少了许多
参差的叶子　她　嫣然
一笑　像红尘仓促而
静穆的样子

剑忘记了该如何呼叫

剑　无法呼叫
你从肋骨上抽取出
最后一丝激愤　剑微颤
它想将自己还原成
那块警觉之铁

或许三种梦境已消弭了界线
你是我的梦境而神仙
重新进入到陈旧的症结
剑　被醺然的女子
扔进杂草丛中

酒肉华美：那女子
又露出了神示般的笑

剑　数着被自己割断的草色
宛如一柄习惯了
唠叨的
闪电——

一八九

咸菜与粥——
对长安的奢望也不过

如此。而此刻　却已必须
成为一生的奢望

染着西蜀光芒的咸菜
与骨头中的某粒粗盐有关
而你已忘记了大量骨头
而你　已不需要
太多的骨头

粥将风雨
划分成不规则的方块
你仍需咀嚼风雨残存的安慰
——明天的风雨
还会在路的尽头涌现

粥与咸菜：神及苦痛
不是唯一的生计
但神陷落在盐粒中
你　如何用枯裂之粥
标出仍将抵达的
各种苦痛？

看　咸菜上正徐徐长出
比粥更为深长的
天色……

一九〇

关于我。我相信你的轻舟说
噫吁嚱说　黄河之水说
白发三千丈说
拟行路难说

也相信你的清平调说
静夜思说　麒麟说
凤歌笑孔丘说　对影
成三人说　好入名山说

还相信你的天子呼来
不上船说（石船泊在大风中
已无法向左前侧偏转）
必须相信你的岂是
蓬蒿人说

只能相信你的眼前有景说
胡姬压酒说　郎骑
竹马说　炼丹说
相看两不厌说　摘星说
青天有月来几时说

附带相信

你的十步杀一人说

飞流直下说　山鹧鸪说

被人谪仙化说

继续相信你的捞月说

生不愿封说　垂钓沧浪说

日日醉如泥说（而泥

已早醉立成无数面晃动之墙）

相信你的拔剑四顾说

且放白鹿说　不得

开心颜说

也相信你的妇人及酒说

夜郎以及巫山听猿说

吴牛喘月说　大雅

久不作说　被一柄弯曲的剑

反复营救说——

关于我？我相信你的

魑魅喜人过说。然后相信

你的同销万古愁说

一九一

黑雪。我终于看到了
这墨渍叠就之雪

所有遗忘都是一种铭记
——还能遗忘什么？
遗忘者为大量弯曲的路途
活着……为什么
还需要反反复复铭记？

高于宿命的雪依旧
阻隔着爱憎　灰色时辰
随雪片不断旋转　雪
带来了另外的遗忘

而我经历过太多雪色
别人的山河　入骨
我将被一次次深藏于
这呼啸之雪

那些碎雪般翻卷的字
压碎第一个遗忘者
然后　它转向

第三种铭记者——

雪在找寻铭记与遗忘的
最终可能性

一九二

黎明的鸦　在以蜀的口音
说着什么——

它历经怎样的风雨前来？
它为何准确地找到了我？
它怎样辨认藏在我们
血肉边缘的
那些虫子？

它是在呼唤还是诅咒？
黎明依旧陌生　有人将
一种雾　寄放在
鸦的翅翼上

鸦还想再告诉我们些什么？
我与它曾相隔那么遥远
它　为何挑选出了这样一个
我们必须

共同面对的黎明?

幽暗：鸦啼让一部分晨光
先浮起来　交错的枝丫
挥动大片追缅　鸦
能否说出我藏于梦境
右侧的那些沉默?

鸦将某种零碎的故园
叠压在风声顶部
蜀　还保留着这种口音么?
鸦振翅而起　它
能否将半片燃烧的身影
一次次　刻入
我与你们灼痛的回望——

鸦声
渐次泛绿……

一九三

他们　又一次
将敬亭山上的风
刻写成你所有的背影

你好像总背对时光坐着
石头般独自坐着
那时的风　包含了千百种
毫无方向感的古代

一个失败者怎样沉默
你就怎样沉默　一个旷达者
怎样失败　你就怎样失败

但你有捶不灭的星月之光
有草虫与山色耦合的大幅酒意
一座山　怎样眺望
你就怎样坚持这亘古的
眺望——

声名与醉意。幻影……
风在什么时候高于这布满
掌纹的山势？
那么多白日梦者
已改写过这样的山势了

他们还将在风中
镌镂　你与谁
久远而无辜的痛处？

一九四

所有的酒
都与告别无关——

不壮行。不在你哽咽时
再次搓揉你的咽喉
不让闻声而动的绿鸟
看淡酒意迸溅的
大块火焰

不在谁彳亍长亭及柳荫之下时
抖出悲伤或豪逸的倒影
不简单骄傲　不挤占渺渺
苍茫　不因一己之醉
否定各种足迹始终
壮阔的波澜

不以歧途带来的艰辛为耻
——歧途也是一种幸福
不苛责杯盏倾斜的最初努力
不把溢出杯盏的希冀
当做谶言

不让道路一无是处
谁是道路绝无仅有的
渴望？不在路障参差的光芒中
重复你艳丽的困倦

不将告别视为唯一
漫长的宿命　不让星光
容忍骨肉及爱的挣扎
不坚持一滴墨
延缓的刚愎　不翻修
各种喧嚷的悲欢

所有的酒
已让醺然的告别
成了　怀念

一九五

雨。雨——这条江
想扭过头去

它熟悉我跋涉的艰辛
它　也已构成艰辛最为
悠远的骨架　它
绕过了我们共同的质疑

雨越下越大
江流多了多重震颤
一个将大江挂上肋骨的人
成为铁打的习俗

江在扭头前的一瞬
超越了雨不倦的张望
江　比我试图接近的谜底
更为曲折

谁又向雨借用
浩渺的安慰？江声
入骨　我向一面生锈的帆
询问波涛的讯息

那擦肩而过的人
带走了江的多少旧事
我　从急雨中抽身而出
我必须为谁挽住
整幅雨幕
翻卷的往昔？

一九六

为什么你仍被置放于
流放途中？仍被斑驳的星月
流放　被酒中
起伏的山色流放
被沧桑与苍茫　流放——

时间是一种遁词
你掩饰着自我的哪一种
弯曲？这一刻的旌旗
卷动既往之痛
你是为梦境反复着色的人
为什么　你仍将
沉湎于那一次
不朽的流放？

侧目的鹰低于大队燕雀
鹰的风势掠过遗忘与爱的多种
可能　你被碑铭与丹青上
呼啸的暗
流放——

一个字的沉默是一种力量

而另外的字　喧腾着
你倚在字的拐角处　你
拂拭字面的尘灰　进入
下一种轮次的流放

你　被一些冠冕
青灰的光焰
流放……

一九七

沿江而行的人
即将消失于这片
漫长水域

伸手　给月亮画出
另一类天穹　你让杯盏
空着　而杯盏始终是
焦渴的　杯盏中跃动大量
繁体的月色

——沿江而行
这万里送行舟的江也是
抽刀难断的江　月亮
从舷侧滑开　它铺设出

一条必将缥缈之路

你给过大江多少限定？
月亮：低吟的剑
陷落进疾风中　　剑
如何让月影变窄？

旋舞之月　　突然跃过
大片锐利的江声
你伸出手　　猛一下
握痛自己多年前的骨头

江斜。你终于抓住了
让月亮永恒的
自己——

一九八

请允许我再虚构一座
星空　　搁在字与字榫定的
累累笔画间　　请允许我
适当修改一部分
让星光变硬的遐想

请允许我习惯星辰控制的

全部醉意　你代替过
哪种带刺的星辰？请允许我
重复你一遍遍燃烧的足迹

善。恶与甘苦。痛。
……值得砥砺的炎凉成就过
谁的怀念？你将山河
移进壮阔的咏唱中
你　总在不断回溯那些
飞旋之星喷溅的勇气

请允许我将星光
烙上青石之脊　山河依旧
延绵着　请允许我为你
订正四季长新的祝愿

请允许我在你
陡峭的道路上安置
最初的路碑

所有星辰已然上路
请允许我　接近星辰
无尽无悔的光芒……

2020 年 10 月 28 日—2021 年 4 月 29 日

附　录

沉醉于苍茫的秩序

——读姚辉长诗《致敬李白》

耿占春

　　当我们说起酒，我们说的是一种陶醉的感觉；当我们说起李白，总是在推崇一种超凡魅力的个性，一种迷人的自我陶醉。而在李白那里，这种自我沉醉总是迷醉于酒、符号化的剑和无边的山河风月。姚辉的长诗《致敬李白》书写的是一种沉醉式的人格化意象，是酒，也是主体的沉醉、迷醉或陶醉，是陶醉状态中对万物的洞见。从姚辉的书写中可以发现，一种超凡魅力的个性以极其丰富的内涵融进了现代心智的核心，而这种超凡魅力则与主体的沉醉密切相关。

　　沉醉或迷醉是遗忘，但它不是与记忆或失忆对立的缺陷性意识特征，而是古典哲学立意抵达的物我两忘，沉醉是主体的弥散，也是李白式的遗世独立。长诗一开始，姚辉就写到了遗忘，却立刻转向充满张力的另一面，"你应当被琳琅的星辰/再惊醒一次"，"灵肉中的山河依旧以痛/及醺然的方式活着"。这一修辞学造成了语义移动，陶醉是一个层面的遗忘，也是另一个层次的警醒，诗人将酒意或醉意提升到与李白及其诗篇相符的层面："遗忘也是一种代价/拼尽酒意的人属于更为/古老的遗忘"，在诗人看来，李白这位在杯盏中"死去活来的人"，"你修订星辰守护的善

恶"。应该注意到，在姚辉笔下，陶醉的力量在于体味到"灵肉中的山河"和"修订星辰守护的善恶"。这意味着，意识的陶醉或主体的弥散让灵肉、山川和星辰融贯为一体，并守护着它们维系着的善恶。这或许就是对"酒是第几种黎明"一个预先的回答。

在姚辉这里，《致敬李白》的主题之一意味着在一个"酒花浮动的宇宙"，"你如何活成一种警示？"在李白多变的形象中有一个醒目的标志："那隔着月色寻找天穹的人"，并由沉醉状态出乎意料地"标示出苍茫的秩序"。在此意义上，姚辉长诗中的"酒"是无意识力量的媒介，是梦想元素的呈现，沉醉是直觉、本能与感性的象征，它是习俗压抑下内在生命的另一种觉醒。"让酒入梦。这绮丽之想/仍将发出典籍与痛"的震颤。沉醉的主体或弥散的主体是如此钟情于"月色"或夜晚的苍穹，"酒已让梦境　辟出/遐想及爱坦荡的通途"，酒或陶醉状态通向夜与梦，通向爱与遐想，姚辉写到，这是"酒经过你灵魂时必须绽露"的记忆，我们无需询问，这是对李白而言，还是指向所有的迷醉时刻，"那些被酒的波涛锻造的/夙愿　已然超越所有值得/珍藏的苦乐"。诗人告诫说：

　　——还是以酒为梦吧
　　在多刃的风云深处　你
　　仍会沦入　生涯最为
　　刻骨的沉醉

在"以酒为梦"的消极宣言之下，沉醉或陶醉释放了内在生命，它诉诸人最隐秘的或非社会化的维度，当人变成因循守旧千篇一律的存在，沉醉所象征着的生命驱力就会成为一种矫正物。沉醉性的人格或主体的弥散就不仅是一个诗学议题，而是在一个日趋刻板的社会机制中，如何让生命意识处于激活状态。因此对诗人而言，沉醉具有救赎性的意味，"可能仍会有人把整条大江/装进杯盏中。沉默/是一种宿命　你在火与/朝代的面具上　凿刻/江流古老的救赎"，犹如诗人或李白相信，沉醉意味着一种"古老的救赎"，正所谓不朽属于"饮者"，属于沉醉于万物的生命状态。在长诗中，姚辉建构了一种沉醉式的等式：酒是入梦，酒是梦境，酒是滔滔江河，酒是夜，酒也是星辰。姚辉将它推进到更广阔的物性空间："光荣属于挚爱/属于星与星之间/既定的　辽远秩序。"

星辰的定律意味着宇宙间一种既定的"辽远秩序"或"苍茫的秩序"，它的定律或秩序理所当然地高于习俗及其秩序，在沉醉式的修辞等式里，诗人的"星辰沉醉"意味着对某种更高秩序的"最为坚韧的敬畏"。沉醉的人也是举头望月或仰望星空的人。"酒向流星赊借过/多少种道路？"姚辉长诗中的无数天问似乎都体现出主体的沉醉，"你属于其他道路/风想改变的方向再度凌乱/你从风声中拾回/灵肉灼热的守候"，正可谓酒已让梦境开辟出"遐想及爱坦荡的通途"。

与主体的沉醉或主体的弥散状态貌似相反，姚辉长诗中频繁出现的核心词语是"秩序"与"律令"，似乎正是

沉醉的主体召唤着某种不同于习俗的律令与秩序，"直到律令出现　风/仍无法界定山河的秩序"，但"什么律令？知晓的人/已然忘却"，因为它不是典籍中书写的典章也不是因循的制度，它是与之相反的东西，诗人提醒说，"沉醉中的隐痛""可能正是其中的一部分"。

饮者也是歌者，诗人吟诵不单是出于沉醉，还是源于"沉醉中的隐痛"。姚辉以相当繁复的方式写到，诗人是"被宿命反复限制的/吟哦者"，万物皆牵动着他的心，"看：弦月又移动了你"，他的身影从宫廷移向山河，"入得深山　抟日月为窖/自酿一盏风云之酒"，在诗人心中，"山川作为醅料已历经了/千百次蒸煮　山川有一己之痛/鲜艳　远　代表我与/你共同的醉意"，这是李白眼里的宇宙山川，生命置身于日月之窖风云之酒的迷醉里，连巉岩上的"猿猱也享有过/这深长之醉　谁让醉意嵌入/历史？"在诗人看来，不唯运筹帷幄的谋略或精打细算的理性盘踞在人类历史中，沉醉的无意识或彻悟式的陶醉也应该被"嵌入历史"的叙述，所幸的是，生命的陶醉感或沉醉式的人格被李白书写进了诗教的历史，并成为一个民族的文化基因。

不仅饮者有"沉醉中的隐痛"，山川亦有"一己之痛"，然而正是山川让人生出无尽的醉意，在姚辉的沉醉式修辞等式里，"石头是澎湃的　石头/远离了那么多坚硬的水"，沉醉的主体或主体的弥散意味着万物一体的境界，自然犹如亦在沉醉之中，"菊状的石头本身就/源自花与水纹"，它不再裸露、荒凉、生硬、虚空，诗人写道，"石头

是吉祥的　念过那么多/咒符　石头已开始/涌出热泪”。沉醉式的世界观不是一神论也不是自然神论的，而是泛神论的存在，它意味着自然的灵性，意味一种循环往复的力量，一种万物交互作用的、自由平等和可逆性的存在方式，“弦月也想将酒/说成你与春秋的轶事”。在姚辉的修辞学里，酒也获得了这种泛神论的特性，酒是物性的无限循环，也是心性的多种寄托，它可以是一切事物的一切状态，酒是波涛，也是火焰，“酒：一种火势/嶙峋”，不仅波涛与火焰是酒的符号，风与石头也是酒的等价物，因为“风卷动/神多义的方向　让神/重新成为石头以及/石头的回响”。

　　姚辉的长诗中有难以计数的关于酒或主体的沉醉状态的隐喻，而核心的隐喻是一种对最高律令的醒悟，一种向“最初秩序”的回忆，诗人说，“酒是一次/回望　涉及家园/与千种苦乐最初的秩序”。在姚辉看来，饮者与歌者——李白无疑是他的最高典范——所召唤的，是一种最浪漫的律令，回望万物浑然一体的人类家园，回忆最初的人与自然的秩序。诗人对李白的解读就置于这样的语境之中。

　　　云是移动的道观　你
　　　向云中鸟求证日与月的戒律

　　或者——

　　　　山　是一座寺庙

而被鸟鸣挤开的山

是另外的寺庙

在姚辉的笔下，无论佛、道，都不足以阐释这种沉醉式的人格。"你从经卷边缘走过/僧　为何从不留心你的/脚印？他在木鱼上/找到过多少依次/僵化的波澜？"对饮者与歌者来说，无需进入人为的道观或寺庙，云和山就是更内在的灵修之地，他也无需翻阅圣贤书写的经卷，歌者自然懂得如何"向云中鸟求证日与月的戒律"。而佛与道，或许就是某种已经平息的沉醉中的隐痛，内在生命中已经"僵化的波澜"。

饮者与歌者，都是怀有沉醉感的人，而沉醉中的世界是泛神论的世界，如果这个词稍有歧义的话，不妨换句话说，沉醉的主体所感受到的是一个充满灵性的自然，在这个世界中，"神卸下多余的躯壳/在你的默认中"，神是燃烧后的"灰烬"，也是一只"灰雀翅膀"或一只梨子的光。"那人将某种环形月光/交到孩童和一个/喜极而泣的神手里"。在主体的沉醉里，这是一个平等的没有等级的共和世界，神、孩童、灰雀、梨子分享同样的价值。律令与自由、欲望与意识、欢愉与苦痛享有同样的意义。主体的沉醉或弥散的主体是最高欢乐的表征。"他被酒香绊了一跤//为什么会跌进那丰腴而美的/身形？"最高的律令或戒律并不排斥这种欢愉，"酒肉华美：那女子/又露出了神示般的暗笑"。而陶醉的真意正在于万物的等值，在这个世界中，最神圣的主体也弥散在微末之物中，"粥与咸菜：神及苦痛/

不是唯一的生计/但神陷落在盐粒中"。

主体的沉醉经由遐想、梦境与爱，被赋予了通向最初的秩序、最浪漫的律令、最初的家园等精神价值，但这也是一个久已失落的世界，因此诗人力图让饮者"说出酒的隐痛与暗"，力图让歌者说出沉醉中的隐痛，"凝固的涛声已无法注满/那只疼痛的杯子"，尽管"这盏冻结的波涛留下/山与云霓古老的形状"。这一称谓既是李白也指向诗人或所有的饮者，"你是以酒容忍风雨的人"，沉醉不仅把人的内在生命与更高的宇宙秩序或律令联系起来，而且缓释了人世间凄苦的"风雨"，"风正经历/酒与梦境交错的光芒"，人世的痛苦遭遇都会在沉醉的主体里弥散，是的，他所经历的风雨都变成了沉醉的一部分，诗人意识到，"那么多人经历的沉醉/被镂刻成风的未来"。

那么多人"经历的沉醉"塑造了饮者与歌者的命运。"酒记得你的犹豫/酒也印证你的爱及苍茫"。而"酒又容忍了你的酸楚"。在姚辉的长诗中，李白或诗人的形象位移至酒，位移至山川，位移至万物的浑然一体，当沉醉中的主体弥散，万物皆为有情主体，由此可见，《致敬李白》一诗并非仅为一个诗人立传，它是酒与山川的历史，沉醉式人格的诞生史，也是向某种"最初秩序"的回望，"酒：一种生涯/重复过多种爱憎——"

> 山中走着那个以风霜
>
> 铸剑的人　你如何重复
>
> 他的道路？剑抵达的未来

即将生锈　他正在

远离你的苦痛

　　长达千年之久的对李白的崇拜，早已超越了对诗本身
的热爱，而是对一种超凡魅力人格的推崇，对与因循守旧
的社会"不和"的自我的推崇，它鼓励对一切非自我之物
持反讽性的洞见，却非常重视生命内在的灵性与社会习俗
之间的张力，注重内在生命与社会化之间的非连续性，因
为生命的陶醉感或主体的沉醉开辟了"遐想及爱坦荡的通
途"。由此，诗人每每对人世间的道路与方向产生疑问，诗
人问道，"道路是迷误还是/方向？圣贤们已/无法隶属于这
样的道路"，在诗人看来，圣贤们正如其典籍与经卷一样，
"他们是分歧的创制者"，而陶醉者、饮者或歌者是寻找真
理与道路的人，也是怀疑论者，"圣贤与神是掺假的玩偶
么？/你　只有这千秋之醉"。从沉醉出发，从沉醉式人格
出发，即从一种主体的弥散状态出发对苍茫秩序的寻
找——

　　　醺然成为一种伦理

　　　或者　成为叩击灵肉的

　　　最初法度——

　　　恕我不敢辜负醉意

　　　圣贤们自虫蛀的字迹中

　　　醒来　他们是酒筋骨毕现的

> 梦以及回望　他们给了酒
> 更多身影　他们的悲欢
> 比酒更为曲折

　　诗人说，"恕我不曾浪费醉意"。值得留意的是，诗人注重的不是思想、意识或观念，而是主体的"醉意"，这是李白沉醉式主体的成就，也是姚辉的沉醉式智识的核心："醺然成为一种伦理"或生命的"最初法度"，沉醉或"醺然"的伦理也是诗歌的伦理与"法度"。这是一种古老的醉意，也处在现代感性的核心，以至于能够让那些圣贤们"自虫蛀的字迹中醒来"，以领略人世间"比酒更为曲折"的悲欢体验。不仅"酒的遐想见证炎凉"，那些"古老的沉默者/必须习惯梦境的回声"。

　　这是姚辉长诗的另一个主题："你是为梦境反复着色的人/为什么　你仍将/沉湎于那一次/不朽的流放？"或者说，"那些癫狂之酒也是/始终颠沛之酒"，它构成了沉醉式主体的另一种命运，构成了与生命的"最初法度"或最高秩序的反题。

> 为什么你仍被置放于
>
> 流放途中？仍被斑驳的星月
>
> 流放　被酒中
>
> 起伏的山色流放
>
> 被沧桑与苍茫　流放——

酒被描述为某种"迟缓的幸福 略等于/你坚持已久的厌倦"。在一个日趋因循的世界中，醺然的伦理被功利主义消解，沉醉式的主体被工具式的存在替代，在这一趋势中，诗人的流放就像一个历史的寓言，诗走向"衰落"与文化的边缘地带，"酒 开始苍老/酒的指向就是时间的指向/就是路与悲欢的指向"，诗人意识到，酒与命运、沉醉与功名利禄之间跨越时间的历史关联，"路途并不是/一次性的 他连接着/你的时代 他连接着/他自己固有的时代"。

"谁经过了被反复/修改的梦境"，在文化史中，沉醉、感性、梦想的作用被反复修改，对主体的塑造模式亦同样被修改得符合一个因循的世界："谁背对的伤害也可能/成为我或者你/暌违千载的伤害？"诗人的命运不再是孤立的，诗的命运亦是感性与梦想的命运，"的确曾绝望过……醉/有醉的绝望 醒/有比醒更醒目的绝望"。他如此清醒地询问："以酒相酬的人为何/也能利刃相向？""功名以及诅咒"为何"竟押上了同一个仄韵？"似乎醉意与魅力从万物中消退，"一个失败者怎样沉默/你就怎样沉默 一个旷达者/怎样失败 你就怎样失败"，在诗被放逐之后，一个世纪打着呵欠，"但你有捶不灭的星月之光/有草虫与山色耦合的大幅酒意/一座山 怎样眺望/你就怎样坚持这亘古的/眺望——"没有什么高过梦想者改写过的"这布满掌纹的山势"。对诗人而言——

如果沉醉 就必须忍受
沉醉后的沉沦？

在姚辉的长诗里，酒亦从它最初"泛神论"的存在中疏离出来，与"功名以及诅咒"乃至"利刃"押上了"仄韵"。在李白的时代，酒原本有着宽阔的光谱：遗忘与酒，警醒与酒，梦想与酒，兴起与酒，欲望与酒，爱与酒，融合与酒，孤独与酒，信仰与酒，怀疑与酒，快慰与酒，痛楚与酒，山川与酒，星辰与酒，血汗、眼泪与酒——一切都是陶醉的理由。而姚辉的长诗《致敬李白》亦有如一次向生命"最初法度"或最高秩序醺然欲醉的"回望"。

对诗人而言，对李白而言，至关重要的是，"你将山河/移进壮阔的咏唱中"，这是永恒的成就。我们目睹的山河，无不在诗人的歌吟中，无不是诗人词语的化身。当我们说起"酒"或迷醉状态，说起陶醉感中的灵肉、山河、星辰的融贯，不要忘记语言与诗亦是抵达意识迷醉的途径或媒介，"你布置的词句充盈/漫漫酒意。千秋襟抱/也是某条道路至关重要的/冀望　抑或崎岖……"在姚辉看来，诗人的修辞充盈着"漫漫酒意"，尽管它们或许像蜀道那样崎岖。

你敲击的文字被他塞进风的

第一种冥想。

这是沉醉的主体对语言文字的泛灵论的感知，这是语言的醉意、欲望与遐想。"风是一把钥匙/风打开的月影被/安放在飞翔的字句中/听　锤与砧的交响/让山河成为风

俗"。在诗的语言中，"灵肉裂开　欲望在寻找/某种华美的对应"。诗的语言"与万象相对还是尽可能融入/一滴雨收敛的波涛?"在姚辉这里，诗就是语言的迷醉，诗就是由"字句拼接的神"。

诗人经常写到幽灵似的"朝代"，就像朝代不过是寻常的日历，千秋只在朝夕之间。"他们即将成为一部分烟尘/王冠在速冻的墨迹中/裂开"，被放逐的诗人业已遗忘了打着呵欠的宫廷，"宫墙参差/蛾眉之光预约了/千百次欲望"，但却"只能是失效的欲望"。对诗人而言，诗处在自我救赎的核心，"昔与今是一种尺度/而你是自己的朝圣者"，正如一种超凡魅力的人格处在李白诗歌创造的核心，诗人把自我视为自我创造之物："自黎明出发的人不一定/在黄昏抵达　你如何真正/成为那个寻找自我的人?"

"赤子现在何处?"诗人终于说到自己了，姚辉写道："关于我? 我相信你的/魑魅喜人过说。然后相信/你的同销万古愁说……"

> ……请允许我
> 重复你一遍遍燃烧的足迹

或者——

> 请允许我在你
> 陡峭的道路上安置
> 最初的路碑

姚辉意识到作为诗人使命的连续性，"而我与你交换过太多/遗忘　我是你的/一部分：晦暗或者/弯曲的部分"，长诗《致敬李白》是一次对生命晦暗部分的敞开，对时间的褶子或弯曲部分的展现。一个诗人到了一定时候，一种内在生命就会觉醒，一种生命原型——这里是李白式沉醉的主体——就会前来寻找他，虽然诗人说，"而我不知道一座山/如何开始了对我的寻找"，当他举目似乎依然可见"——弦月安详/打制山河的人也为你/锻造酒意涌动的/最初秩序"，对诗人而言，这"最初秩序"依然涌现在诗的语言中。

诗人再次询问："这变形的闪电如何/再次构建　一个朝代/叮当作响的怯懦？"在姚辉这里，"变形的闪电"是酒，更是诗、梦和语言。"你在酒的梦境/贴近　火与古老祖训/延续的奇迹"。对诗人来说，"而酒中的闪电始终/活着　它划出另一片流域/让灵魂　进入大河/既定的光焰"。为此他需要再次揭示出"石头内部　藏满虎一般的/文字"，似乎姚辉的修辞极其偏爱石头，因为与最活跃的物质"酒"相反，石头是最惰性的物质符号，然而人们也不会忘记，神灵的形象与人间的誓词或最需要铭记在心的话语，最初都铭刻在石头上。诗人出于某种反讽问道："石头在讥讽什么？……石头/认得出那些陪你/绝望的文字"，需要再次给沉睡而非沉醉的物性注入灵性，注入风与呼吸，虽然他不确定他是否有足够的力量，"是否还能把风卸在/石头内部？你匆匆捡拾的/文字　必须破碎……"

诗人最终回到了一种古老的职责，回到了沉醉的世界观而非功利的状态，他的整个身心感受到"整片天穹抵不住/蝶翅维系之美"，诗人让文字成为碎片或万物相互转化的灵媒，"你想让字迹重组的/甘苦　拱曲如故"，对诗人而言，"这丝织的念头不会比社稷更为次要"。姚辉以李白之名再次询问诗人的命运："他为何沉醉?"或者，"他为何只能沉醉?"

在姚辉的长诗《致敬李白》中，酒与身心、山川与言辞再次于主体的沉醉中统一起来，这是主体弥散状态的统一，在诗人看来，酒"是山川之梦/是山川为谁虚构的/最后誓词"？诗人以迷醉式的疑问句式写出，意味着对"原初秩序"、醺然的伦理或最浪漫律令的一种惊醒；然而诗人以疑问句表达的"最后誓词"——诗人使用了太多的疑问句式——或许亦同时表达出，人与世界的原初统一性，或许正是一种诗歌修辞的最高虚构。而语言的虚构如同沉醉，都隐含着一种隐秘的意志。同在一个计算与数据控制的世界里，姚辉的长诗通过对李白意象的书写，向沉醉式的主体、向一种超凡魅力的人格表达了双重的致敬，从酒与诗出发，重返一个充满灵性的世界。

图书在版编目（CIP）数据

致敬李白 / 姚辉著. -- 武汉：长江文艺出版社，
2022.9
ISBN 978-7-5702-2559-0

Ⅰ. ①致… Ⅱ. ①姚… Ⅲ. ①叙事诗－中国－当代
Ⅳ. ①I227.3

中国版本图书馆 CIP 数据核字（2022）第 034279 号

致敬李白
ZHIJING LIBAI

责任编辑：谈 骁　　　　　　　　责任校对：毛季慧
封面设计：璞 间　　　　　　　　责任印制：邱 莉　王光兴

出版 长江出版传媒 长江文艺出版社

地址：武汉市雄楚大街 268 号　　　邮编：430070
发行：长江文艺出版社
http://www.cjlap.com
印刷：湖北新华印务有限公司

开本：880 毫米×1230 毫米　　1/32　　印张：8.125　插页：4 页
版次：2022 年 9 月第 1 版　　　　2022 年 9 月第 1 次印刷
行数：4572 行

定价：58.00 元